La collection
ROMANICHELS
est dirigée par
André Vanasse

Hot Blues

La publication de cet ouvrage a été rendue possible grâce à l'aide financière du ministère du Patrimoine canadien par l'entremise du Programme d'aide au développement de l'industrie à l'édition (PADIÉ), du Conseil des Arts du Canada (CAC), du ministère de la Culture et des Communications du Québec (MCCQ) et de la Société de développement des entreprises culturelles (SODEC).

XYZ éditeur
1781, rue Saint-Hubert
Montréal (Québec)
H2L 3Z1
Téléphone : 514.525.21.70
Télécopieur : 514.525.75.37
Courriel : xyzed@mlink.net
Site Internet : www.xyzedit.com

et

Serge Bruneau

Dépôt légal : 1er trimestre 2002
Bibliothèque nationale du Canada
Bibliothèque nationale du Québec
ISBN 2-89261-330-2

Distribution en librairie :
Au Canada :
Dimedia inc.
539, boulevard Lebeau
Ville Saint-Laurent (Québec)
H4N 1S2
Téléphone : 514.336.39.41
Télécopieur : 514.331.39.16
Courriel : general@dimedia.qc.ca

En Europe :
D.E.Q.
30, rue Gay-Lussac
75005 Paris, France
Téléphone : 1.43.54.49.02
Télécopieur : 1.43.54.39.15
Courriel : liquebec@noos.fr

Conception typographique et montage : Édiscript enr.
Maquette de la couverture : Zirval Design
Illustration de la couverture : Serge Bruneau, *Manuscrit #4*, acrylique sur toile, 104 cm x 150 cm, 2001
Illustration des pages de garde : détail de la couverture
Photographie de l'auteur : Denis Bernier

Serge Bruneau

Hot Blues

roman

éditeur

Romanichels

Remerciements à
Michel Longpré pour son instinct et à
Maurice Poirier
Denis Bernier et
Alain De Repentigny
pour leur longue amitié.

À
Andrée Longpré, pour tout ce qu'elle est, et
à notre fille Amélie, pour tout ce qu'elle devient.

Bien sûr, par moments ça me revient encore. C'est ça, les vrais souvenirs. Ça s'accroche malgré tout le soin qu'on peut mettre à les enterrer. Le périmètre se dessine toujours de la même façon. Lumineux par endroits et poussiéreux aussi. Le regard glisse, se réjouit, oublie.

L'histoire n'a d'yeux que pour elle. Un regard tourné vers elle.

La mémoire…

Par quelle absurdité naissent les communautés d'esprit ? Il m'arrive encore de me le demander.

Nous nous connaissions depuis je ne sais plus combien de temps. C'est toujours l'éternité quand ça chavire. Nous nous disions des mots simples, semblables à ceux des autres. Chien, table, nuage, asperge. Nous commentions l'actualité mais seulement quand nous en avions assez de caresser le chien.

Je me souviens de son sourire. Je me souviens de son regard d'enfant malade. Je me souviens de son slip qui traînait sur le lit un matin d'hiver.

Du son.

De la lumière.

Du décor.

De la passion qui naissait et du nom de la serveuse qui nous enivrait.

Kim me répète : tu bois trop et c'est pour ça que tu jongles avec les souvenirs.

À moins que ne ce soit l'inverse. Les leçons de Kim ne sont jamais à prendre au pied de la lettre.

Je n'ai jamais cru qu'on pouvait mourir de peine mais je sais qu'on peut en vomir. Souvent j'ai vomi ma peine.

Jamais de larmes.

Rien que cette bile acide qui me chauffait à crier. Ce liquide jaunâtre et sournois qui me prenait sans s'annoncer... Et je reprenais notre vie avec ce qu'elle avait de charme et d'ennui. Et nous nous aimions deux jours sur trois. Un sur trois. Puis, plus du tout.

Pas de quoi être fier.

La veille, je suis passé au Hot Blues juste pour voir Kim travailler. Juste pour lui donner des nouvelles de moi et en prendre d'elle. Juste, finalement, pour constater combien son sourire me déculotte toujours. Il m'arrive à l'occasion de m'arrêter au Hot Blues en plein après-midi pour jaser un peu avec Kim et pour la regarder, surtout. Elle a toujours cinq minutes à me consacrer. Des fois, plus. Mais même cinq minutes, ça suffit à nous rassurer sur le compte de l'autre. Et alors, je fous le camp à l'arrivée des autres clients quand ils deviennent nombreux et encombrants.

Mais la veille, je ne sais pas pourquoi, je me suis drôlement installé. J'avais un peu d'argent, pas des tonnes mais tout de même assez pour accumuler les verres, payer quelques tournées et me faire les amis qu'on mérite dans ces moments-là. Ça a duré un certain temps jusqu'à ce que Kim cesse de me servir. Je lui ai dit des choses moches et elle m'a foutu dehors.

Le poids de la tête ce matin justifie la prudence que je mets à me payer du bon temps.

❏

Les yeux braqués sur le mur qui me fait face, j'examine les couleurs qui s'y déploient. Je me vois surpris de découvrir toutes ces couleurs qui ondulent entre les briques. Toute une géographie, là, sous les yeux, sans parler du jeu de ces lignes où vient se percher la lumière. Des ocres, des terres de

Sienne, des rouges... Depuis toujours je suis habitué à l'évidence de ce décor paumé. Toujours un peu fadasse avec partout des visages blêmes. Et là, ce plaisir presque charnel où le frisson vient s'inventer et donne libre cours à l'imagination.

Les yeux qui bandent.

Pour une fois Jésusmariejoseph que je jouis sans contrainte et sans abus ! Pour une fois que les choses me sont données. Pas d'effort. Pas de gymnastique. Gratuit et sans manigance. Pas trop soûl, juste assez d'emphase et de cœur au ventre pour larguer le brouhaha loin de mon paysage et goûter cette paix qui me tombe dessus comme une récompense imméritée. Rien qu'à laisser cavaler sa tête vide et paresseuse avec les yeux devant les trous.

Même la musique, un blues avec plein de guitare et un peu de trompette, contribue à faire de moi cette chose inerte qui se laisse dériver sans résistance.

À l'ouest de ma table, ça bouge.

Une bande de gars et de filles. J'entends les voix se croiser, les rires éclater. Je vois les regards se fabriquer des complicités de circonstance et j'imagine les nuits qui doivent s'organiser dans la tête des gars. Les costauds du groupe déplacent des tables afin de s'assurer du maintien des uns dans le regard des autres.

Ça discute déjà. Crucifixion de profs, condamnation de l'étroitesse institutionnalisée, identification de quelques notions périmées. L'alcool coule et tous les systèmes n'ont qu'à bien se tenir. Quelques lapées à la mémoire du Che et du bonheur à l'agenda.

Idéaux-O !

Assaut-O !

Drapeau-O !

Mange d'la marde, répondra l'écho.

L'alcool reste le slogan par lequel passent les plus beaux mots d'ordre.

J'attrape le barman Léo avant qu'il ne se lance au service de la bande d'assoiffés. Il connaît la soif, Léo, et c'est sur-le-champ qu'il m'apporte mon verre avant de partir vers des tables plus lucratives.

Je ne me reconnais plus. Cette facilité que j'ai de décrocher de tout le reste pour me lover dans ce rien apaisant... Cet exil soudain aisé malgré le vacarme et les mots qui circulent. Malgré toutes ces femmes avec leur sourire endimanché. Cette solitude patentée où je prends plaisir... Un état d'esprit tout à fait semblable à celui qui s'empare de moi devant un tableau en chantier. Une œuvre sur le point d'aboutir alors qu'on croit tout perdu et qui, par une transmutation de la matière et de l'esprit, s'anime soudain...

Ça bouge tout près de moi.

Un corps qui me frôle. Je le sens à cause de cette tache d'ombre qui se répand sur ma table ; et puis, cette odeur de sueur fraîche... Je prends ça comme un grand même si ça devient de plus en plus envahissant. Le plus beau de l'histoire, c'est que ça va même jusqu'à me dire bonjour.

— C'est bien toi, Pierre ? s'informe la fille.

Ce n'est pas moi mais je suis assez vieux pour savoir que l'identité, ça tient à peu de chose.

À cause de la façon qu'elle a de poser la question...

À cause des épaules qu'elle roule discrètement...

Et puis la jupe qui remonte quand elle s'assoit...

Les longues jambes...

Et ce rouge sur ses lèvres qui les gonfle...

Depuis toujours je me fais un honneur de prince à dénoncer le mensonge. Bien sûr, il m'arrive de mentir mais jamais par stratégie. Pour le plaisir, seulement. Et mes mensonges tombent toujours à plat, tellement je ne sais pas m'y prendre. Le mensonge, quand il y manque l'épice, c'est inutile.

Bref, je me contente de sourire.

Il y a dans cette grimace tout le désir et la gêne d'un gars pris par surprise. Je ne suis pas ce Pierre et je ne vais ni l'affirmer ni le nier. Je laisse aller la chose et je m'arrangerai avec mes démons le moment venu.

— Ça me fait plaisir de te revoir. T'as pris un peu de vieux mais t'as gardé ton regard qui fait qu'on t'aime ou qu'on ne t'aime pas, qu'elle dit en claquant des doigts.

— Toi, j'avance, t'es restée la même.

Elle a soif et veut absolument payer sa bière. Je n'ai pas beaucoup de fric, alors je n'insiste pas. À chacun sa soif. Léo dépose la bouteille, encaisse l'argent, estime le pourboire et met une éternité à se retirer. Je veux qu'elle parle le plus possible. À cause de la trêve qui en découlera et pour en savoir un peu plus. J'ai une histoire à bâtir sur la vase et je laisse les regards s'installer avec tout ce qu'ils ont d'ambiguïté et de promesses. Le temps s'égrène peu à peu. Rapide et lent à la fois, si bien que j'ignore encore tout de ce passé qui devient un peu le mien, et j'ai du mal à tenir le coup.

Je pourrais être un ami, un cousin (non, plutôt un oncle, vu les ans qui nous séparent), un ancien prof d'art (pourquoi d'art, elle ne sait rien de moi), de maths, de philo, d'histoire, de français, d'éducation physique (peu probable). L'épicier du coin, le pharmacien (hors de question), le livreur de pizza, un ancien voisin, un vieux salaud qui lui tripotait les rondeurs quand elle était enfant…

Ou bien un amant, mais ça, c'est plus risqué.

Je commande un autre verre et je déroge à toutes les règles que je m'étais fixées plus tôt.

— Tu parles pas beaucoup, remarque-t-elle.

Allez donc savoir pourquoi.

— Ça fait un sacré bout de temps qu'on s'est vus.

Ça m'est venu comme ça, sans penser à rien.

— Une bonne année au moins? je me sens obligé d'ajouter.

— Beaucoup plus que ça, elle dit avec un drôle de sourire. Des lunes et des lunes... Tellement de lunes que ça ne se compte plus. Tu te souviens pas, 1989 ? Faut dire que ça s'est terminé de façon assez...

Elle cherche un mot méchant. J'en ai quelques-uns en réserve mais j'aime mieux les garder pour moi.

— Quand t'es parti... entame-t-elle.

Nous nous serions connus dans le sud de la France. Deux Québécois en vacances qui se seraient rencontrés avec tout plein de trucs intimes qui n'ont rien à voir avec le mal du pays. Un couple, quoi. Un vrai de vrai avec des passions, des mots acides, des bagarres et une histoire qui se termine mal. Je l'aurais quittée comme ça, au beau milieu d'une ville de Provence. J'aurais rencontré une autre fille et perdu la tête.

Et je me serais foutu d'elle.

Et j'aurais triché.

Et je l'aurais séduite à nouveau.

Et j'aurais menti.

Et j'aurais refusé d'avouer.

Et je me serais mis en colère.

Et je serais parti.

Je trouve un peu agaçant d'être plus dégueulasse dans son imagination que jamais je ne l'ai été de toute ma vie. Je suis là, sans regret, à me crisser éperdument d'une jeune amante abandonnée. Quelque chose (une pudeur) m'empêche de me lancer dans les excuses de circonstance. En d'autres mots, je me sens fin prêt pour de voluptueuses réconciliations mais, les excuses, je laisse ça à l'autre. Les pots, quand je les casse, j'en paie le prix sans jamais rien demander. Jamais je n'ai à regretter quoi que ce soit. Avec les femmes c'est donnant, donnant. Tant pour le cul que pour l'amour. Jamais de promesse. Jamais rien d'autre que ce que nous sommes, là, dans le moment qui nous fait.

Souvent quelques minutes que nous goûtons comme de
l'éternité. Jamais l'éternité. C'est ainsi, d'un commun
accord; nous restons conscients du risque d'écorchure
mais les yeux braqués sur un réel toujours un peu plus cru.
Bref...

— Écoute, dis-je, vaut mieux oublier tout ça. Tellement
de lunes, comme tu dis, qu'on pourrait pas les compter.
C'est le passé. La preuve, je me souviens de presque rien.

Je me trouve bien sûr un peu moche et je m'efforce de
penser à mon chien Curseur. À part quelques pipis égarés,
on ne reproche jamais rien aux chiens. Ils n'ont jamais
honte, les chiens. Qu'ils bouffent, baisent ou dorment, c'est
toujours avec une conviction à faire rougir les hommes.
Soudain, je me mets à souhaiter que n'importe quel ami
fasse son entrée et fracasse ce jeu absurde. Même Kim avec
ses reproches de la veille. Je perds le nord et je suis prêt à
parier les oreilles de mon chien qu'elle le sait.

Ce n'est plus un bar, c'est une scène avec une lumière
qui n'éclaire plus qu'elle et mon malaise. Cette demande
d'effacer le passé la touche. Son regard s'emplit de brume
et ses lèvres gonflées deviennent semblables aux nuages
quand ils s'ouvrent en une lente détente...

Quelque chose s'ajoute dans l'air.

Quand elle se penche en avant, ses seins prennent
appui sur la table et je sens bien qu'on va passer aux con-
fidences. Les voix vont se voiler de drôles d'intonations et
les silences deviendront nerveux. Je connais la musique et
je peux même jouer les premières mesures. Je n'ai plus
l'innocence nécessaire à la dilection. Chacun ses atouts.
Ça va jouer serré et la mise restera la même. Qui perd
gagne et, au bout du compte, nos goussets se garniront de
part et d'autre. Je me gonfle d'audace et, si parfois le
doute me tire l'oreille, je l'expédie de l'autre côté de ma
conscience.

La fille se met à chuchoter des trucs que je me réinvente avant de me les enfoncer au fin fond des tympans. J'en ai assez de Léo, des buveurs et du décor. J'ai sous mon toit quelques alcools et c'est à ceux-là que je veux qu'on s'abreuve. Sans compter que le bout de ville que m'offrent mes fenêtres par temps clair n'est pas pour nuire aux ambiances qu'on veut propices.

Je prends mon courage à deux mains, soupèse la situation et lui saisis le doigt pour l'inviter à passer la nuit chez moi. Ses nuages esquissent une suite de moues entrecoupées de brefs sourires et je comprends sans mal que c'est sa façon de dire OK.

❑

J'avale trois bouffées d'air frais avant de m'autoriser à empoigner le volant. Figée par la froidure, la Honda se met pourtant en branle sans la moindre hésitation. Plus soulagé qu'enorgueilli, je lance un coup d'œil rapide à ma voisine qui me décrit sa haine de l'hiver. Moi, l'hiver, je l'aime bien avec sa gamme de frissons et son entêtement à farder les coins les plus sombres de la ville. Alors qu'elle mitraille le silence, je m'inquiète de la propreté de mes draps. Les draps d'un gars qui vit entre lui et son ombre ont tendance à se teinter de ses tourments. J'organise déjà un éclairage dosé de façon à les reléguer dans une pénombre encore plus grise.

Alors que je tourne dans la rue Clark, je remarque que quelque chose ne va pas. Un paysage tout plat. Ne me reste plus que quelques souvenirs de cette rue que je parcours depuis des années. Les maisons qui ne sont que des ombres, et les arbres, d'inquiétants squelettes avec des membres qui n'en finissent plus de s'étendre. Seuls les reflets de la lune sur la neige généralement sale arrivent à dessiner quelques reliefs. Et Curseur, mon chien, qui est seul là-haut. Je m'inquiète.

— Ça arrive souvent, des pannes d'électricité dans ta rue ? s'informe ma voisine.

— Jamais, je dis sur un ton qui cache mal mon inquiétude.

Je désespère de devoir gaspiller une bonne part de mon énergie à gravir les six étages. Cette énergie-là, je la destinais à une activité plus lubrique. En entrant, je ne peux pas m'empêcher de presser sur le bouton de l'ascenseur qui doit gésir quelque part entre deux étages.

— C'est pas grave, dit ma compagne en se dirigeant vers la cage d'escalier.

Le temps d'un demi-palier, j'essaie de suivre son pas, mais de toute évidence il y a plusieurs années entre nous. Sa voix me parvient de plus en plus lointaine. Au quatrième, me voilà les mollets à plat et sa voix n'est plus qu'un bruit sourd. Avec d'inquiétants ratés dans le coffre, je tente de penser à des trucs divertissants qui finiront par semer la peur. À quelques marches du sixième, je la vois avec une lune qui lui lèche les contours. Ça dessine un drôle de fantôme. Un spectre tout en ondulations. Manque plus qu'un adagio pour que je me mette à croire en Dieu. Je ficelle mon imagination qui, quand elle cavale, peut m'entraîner de l'autre côté de la raison. Devant ma poitrine qui cherche à se remplir d'air, elle me fait remarquer que la quarantaine s'accommode mieux des ascenseurs.

À l'intérieur, la lune dessine un trapèze blanc sur le sol. Ce trapèze-là, il me remplit d'orgueil. Débarrassée de son manteau, elle se tient au beau milieu de cette géométrie lumineuse. Immobile, elle ressemble à une fille qui attend l'autobus ou la fin du monde.

— Il fait noir, elle dit.

Je m'avance près d'elle. Tout près d'elle. Je reprends mon souffle alors que le dos de sa main effleure déjà mon sexe sans que ses yeux cessent de rentrer dans les miens. J'avais imaginé un peu de musique, un peu d'alcool... Quelques mots, histoire de faire carburer nos imaginations... Un bref temps d'arrêt, pour qu'on s'illumine un peu. Gagné à son rythme, je me mets à frôler ses seins puis, du premier bouton, à entamer la descente. Je compte jusqu'à huit entre chaque bouton afin de mieux contenir ma hâte.

... Trois...

Quatre...

Cinq...

Je sens bien sa chair frémir. Nerveuse, tendue, transie déjà.

Six...

Sept...

Huit.

«Doucement», que je me répète pour réprimer l'empressement qui commence drôlement à me nouer les nerfs.

JUPE, je pense.

JUPE, ce mot filou qui me tourne la cervelle. Elle la relève lentement en écartant légèrement les cuisses afin de la maintenir bien haut. Je supporte tout ça sans craquer. Puis, je sens ce poids qu'elle exerce sur mes épaules avec ses mains moites. Et je me penche en relevant la tête comme un loup qui s'apprête à causer avec la lune.

Et c'est son tour d'avoir le souffle court.

❑

Au matin, quand j'ouvre les yeux, elle se tient debout devant un tableau qui représente ce que j'ai fait de mieux depuis longtemps. Je vois bien que Curseur a envie de lui flairer le derrière et je ne sais pas comment mater ce genre d'envie. Longtemps, je reste immobile, me demandant quelle forme va prendre la tempête. Elle a, à mon sens, toutes les raisons de me tirer une rafale en plein visage ou alors de bien m'expliquer qu'il y a des choses qu'on ne fait pas à des filles de son âge. Et le pire, c'est que je n'aurais pour me défendre que des justifications qui ne tiennent pas debout. Ma solitude et le désir qu'elle a suscité... Ou alors sa façon de se présenter comme un cadeau du ciel...

Ses jambes ? Trop con.

Sa chevelure ? Encore plus con.

L'alcool ? La pire des choses.

Secrètement, je formule des excuses. Je les imagine courtes et vindicatives. Rapides et lancées comme un missile qui lui laisserait un minimum de temps pour les répliques.

Le plus dur serait de ne pas rougir.

C'est Curseur qui vend la mèche. Comprenant que je fais semblant de dormir, il se retrouve d'un bond dans le lit avec son museau dans ma tignasse et sa langue qui me fouille l'oreille. Allez savoir comment font les chiens pour deviner ce genre de chose.

Je m'amuse un temps avec Curseur et elle rit. C'est déjà ça.

— Y a longtemps que tu peins ? elle demande.

Évidemment, l'autre type ne devait pas peindre et je crains qu'on ne passe aux explications plus vite que je ne l'avais prévu. Une fois de plus la peinture n'allait pas me rendre service.

— Je peins depuis toujours, je dis.

— C'est quoi ?

— Acryliques sur toile avec un *s* à la fin, je précise.

— C'est magnifique. C'est éclaté, noir et magnifique. Ça s'appelle comment?

— Ça s'appelle *Fragments* #4 et je pense qu'on devrait peut-être parler un peu, je suggère.

— Jamais avant deux cafés, elle répond.

Je fouille dans ma panoplie de grimaces et j'opte pour le plus inoffensif des sourires.

Avant de commencer à faire le café, je change l'eau du bol de Curseur. On dirait qu'il y a une lenteur inhabituelle dans mes gestes. Histoire de mettre un peu de temps entre moi et l'orage que j'appréhende, j'annonce que je dois absolument sortir mon chien qui a sûrement la vessie grosse comme ça.

— J'y vais aussi, j'entends.

Je n'aurais pas dédaigné ce brin de solitude au grand air avec un vent qui fouette les sens et remet les idées en place, mais bon...

Ce matin-là, c'est comme un hiver déguisé en printemps tant il fait doux. On ne parle pas, on se contente de regarder Curseur voyager à pleine course d'un bout à l'autre du parc, jaunissant d'urine quelques points savamment choisis pour repartir aussitôt vers d'abstraites urgences.

Cette fille dont j'ignore jusqu'au prénom se met à faire des boules de neige pour les lancer à Curseur qui n'en croit pas ses yeux tellement elle y met de l'ardeur. S'il y a une chose que j'ai du mal à supporter, c'est que des gens lancent des objets à des chiens qui ne leur appartiennent pas.

— Ça suffit, je lui dis sur un ton agacé et qui cache mal cette petite nervosité qui me travaille.

Ce chien-là, c'est le mien, et il faut prendre comme un privilège le droit de lui lancer des balles de neige. Ce chien-là, c'est le mien, et moi seul peux lui lancer des balles de neige en toute connaissance de cause. Je dis à la fille que les chiens ne connaissent pas les limites de leur capacité. Ils peuvent crever d'épuisement rien que pour le plaisir de ne pas rater une balle qu'ils leur croient destinée. Le rôle du maître, c'est précisément d'anticiper cette fatigue. De savoir quand et comment arrêter. Je lui explique qu'il m'arrive même de calculer la distance de mes tirs en fonction de la forme physique de mon chien.

Tout ça dit sur un ton assez froid pour que puisse commencer la tempête.

On peut s'engueuler, je suis prêt à toutes les guerres. Elle peut me traiter de tous les noms. Je hausserai les épaules comme un pauvre type pris la main dans le sac. J'endurerai encore un peu d'invectives. Elle tournera les talons sur une dernière insulte et je resterai avec un brin d'amertume au fond de la gorge mais convaincu que je ne suis pas responsable du sort de l'humanité.

Au lieu de ça, on se tait, et Curseur en vient presque à se courir sur la langue.

— Je pense que je te dois une explication, je commence.

— Ton chien chie, elle me dit.

❏

Comme si le concierge avait mis plus de cœur qu'à l'habitude à chauffer l'appartement, la chaleur nous assomme sitôt franchie la porte de mon atelier, mais ça sent le café et ça suffit à me faire penser que la vie n'est pas si moche. Au beau milieu du lit, Curseur cherche à reprendre son souffle pendant que moi je cherche mes mots.

— Sucre? Lait? sont les deux seuls qui me viennent.

Elle fouille dans mes disques et je sais que je ne possède rien pouvant correspondre à l'état d'esprit du moment. Beaucoup trop de rock, un peu de jazz, quelques classiques, le meilleur de la chanson française et faut surtout pas chercher des airs d'opéra.

Après les disques vient la fouille de la bibliothèque. À part quelques romans il n'y a là que des ouvrages sur la peinture. Beaucoup de catalogues d'expositions, quelques essais critiques et une foule de magazines qui me donnent mal au cœur rien qu'à penser à l'argent qu'ils ont coûté et qui serait plus utile pour garnir mon garde-manger.

— T'aimes vraiment ça, la peinture ?

— Je pense que c'est la seule chose que je connaisse assez pour faire étalage de prétentions, je lui dis comme à regret.

— C'est ben beau tout ça, qu'elle fait en montrant les livres du doigt, mais y a-t-il encore une place pour la peinture ? C'est pas un peu dépassé, ça ?

— ... (haussement d'épaules)

Je me fous de la place que peut avoir la peinture. La peinture, elle vit quand je suis en elle et tout son corps se transforme quand elle est en moi. C'est un truc impossible à expliquer à une fille qu'on connaît depuis la veille. Et puis, ce n'est pas le moment de parler de ça. On a une question à régler et la situation commence à s'éterniser et, de ce fait, à m'énerver.

Celle dont je ne connais que le corps se lance dans une orgie de mots à me donner le vertige. Un tourbillon dans ma tête. Tant de mots décochés comme ça au saut du lit... Elle semble savoir de quoi elle parle et ne se prive pas d'étaler sa science. J'ai bien envie de lui parler de ma faiblesse mais elle cavale déjà dans la Renaissance et s'apprête à effectuer un triple saut arrière pour retomber sur ses pieds sans le moindre fléchissement des genoux.

— Au fond, la peinture est un mensonge, elle dit.

Tout comme nous, je pense.

Ses prouesses verbales sur l'histoire de l'art commencent à me jouer sérieusement sur les nerfs. «... et l'histoire de ton cul», je me dis. Je l'ai un peu désorganisée, l'histoire de son cul, en introduisant un faux dans son musée humide. Son musée de l'emporte-pièce où j'ai glissé du toc sans que l'experte s'en froisse le moins du monde. À quoi ça sert tout ce discours sur le vrai de l'Histoire si elle ne peut même pas faire la différence entre un ancien amant repenti et un pauvre type à moitié soûl qui ne demande pas mieux que de passer la nuit dans de beaux draps ?

Impossible de l'interrompre. Elle patauge dans l'art byzantin avec un déferlement de dates à donner des coliques à une pierre. L'église Sainte-Sophie de Constantinople par-ci, la Vierge du tsar machin par-là… La tête me fend de partout et elle en profite pour y glisser ses connaissances multiples, ses savantes déductions, ses tournures tarabiscotées. J'ai bien envie de lui hurler de fermer sa gueule mais je ne sais pas comment on fait pour être si moche.

Ses mains battent l'air pour appuyer ses dires et je cherche une insulte qui pourrait lui clouer le bec. Une chose tellement moche qu'elle empoignerait son manteau pour foutre le camp. Et puis, c'est sa main droite qui vient heurter la tasse. Et il y a du café partout et un peu sur mon jeans. Je contemple ce jus brun qui part de la table pour dégouliner en fins filets de chaque côté. Un embâcle de jurons dans la gorge, je saisis un t-shirt sale pour éponger le dégât. À quatre pattes, j'éponge, et je sens son doigt qui me joue dans la tignasse. Sa main se crispe un peu dans ma crinière. Puis un peu plus. Jusqu'à me faire mal. Elle tire ma tête, la plaque sur son ventre et se met à glisser à ma hauteur. Sa bouche sur la mienne, elle me tâte tant bien que mal. Plutôt bien que mal.

— Écoute… Écoute un peu. Je suis pas celui que tu penses, je lui répète en tentant d'oublier son savant jeu de mains.

— Je sais, qu'elle me dit. C'était juste un jeu.

Sa langue prend congé de la mienne pour me répéter que c'était juste un jeu. Ça ne tourne pas rond dans mon ciboulot.

— Juste un jeu... C'était bien, non?

M'en faut plus pour me contenter mais c'est pas évident de discuter dans un moment pareil.

— Comment tu t'appelles?

J'aimerais bien mettre plus de conviction dans ma question mais là non plus c'est pas évident de bien m'ancrer la tête sur les épaules.

— T'as un nom? Je veux le savoir.

Je perds mes moyens et toutes mes questions tombent à plat tant elle sait comment il faut s'y prendre. Sa main gauche me pétrit le dos alors que la droite s'occupe plus au sud.

— ... au moins ton prénom.

Elle finit par murmurer un truc qui rime avec fraise, chaise ou baise. Je ne sais plus. Puis, je me désintéresse de son identité et je me dis que la vie est vraiment trop courte pour quitter le train quand le voyage n'est pas encore fini.

Comme je ne veux pas perdre mon temps, je ne m'approche pas trop de mes fenêtres. Du sixième étage, je vois loin vers le sud-est et par temps clair j'arrive à me convaincre que j'aperçois un filet de fleuve. Et s'il m'arrive de m'équiper de ma lunette d'approche, c'est cuit. Je gaspille un temps fou à repasser par tous les recoins de ma vie. Un peu partout de ce côté-là de la ville se sont écoulées de longues années de cette vie. Brèves baises, petits larcins, premiers joints... Là-bas, dans ces zones grises que mes yeux aiment fouiller quand je m'ennuie. Monique, Sophie et Marie-France. Un snack-bar avec des serveuses sur lesquelles j'aimais rêver. Des chiens aussi. Ceux que je volais, que j'emprisonnais dans un hangar pour être sûr de pouvoir les caresser tant que je le désirais. Des chiens que ma mère finissait par découvrir en me forçant à une affligeante honnêteté.

Et tout ça, là, très loin.

Illuminé, mais loin.

❏

Souvent je travaille tard la nuit.

Des heures penché au-dessus d'une table à triturer des pigments dans l'espoir de je ne sais quelle révélation. Parfois, j'en demande trop à la peinture. De me combler, de m'animer, de donner un sens aux matériaux que je mets les uns sur les autres. Je lui demande surtout peut-être de me donner un sens à moi. Je sais bien que c'est la peinture qui fait le peintre et il m'arrive parfois de trouver qu'elle y met le temps. Surprises, emballements, soucis et déceptions. Cette trajectoire, je la connais bien et je l'emprunte toujours avec le même enthousiasme pour finir souvent les nerfs à vif. À deux doigts de la crise jusqu'à l'avènement d'une nouvelle idée.

Bref, cette poursuite de la peinture ne sera toujours que la poursuite du temps, et j'aime bien le voir ainsi filer, pris dans une activité qu'il m'arrive si souvent de trouver tout à fait inutile.

Ce que j'apprécie de toutes ces heures, c'est cette solitude sans fracas. La musique et le vin à la portée des sens, je peux voguer sur une mer d'idées inexactes. Des idées qui n'ont de concret que le moment où elles me traversent l'esprit et qui, toujours, me ramènent à l'idée de départ comme si tout partait de là pour forcément y revenir.

Une façon d'être un peu saumon.

Pour le moment, je n'ose pas trop m'égarer. Bédard s'est invité pour une courte visite. Paraît qu'il a des choses à me dire. Depuis que ma cote d'artiste justifie que je me lève le matin, Bédard s'est immiscé entre la toile et le pinceau pour augmenter mes minces revenus. Moyennant un juteux pourcentage sur les ventes, il a pris ma carrière en main sans que j'aie dorénavant à me préoccuper des poignées de mains et des sourires calculés si utiles à l'art contemporain. Et ça marche, mais pas assez pour les besoins que je m'invente. Il parvient à vendre quelques tableaux sans que j'aie à me crever au bout du pinceau.

Brillante machine à mots, Bédard est le seul type que je connaisse capable de convaincre n'importe qui que Dürer est un minimaliste. Avec lui, l'histoire de l'art se réduit à quelques tourelles où son discours vient se percher avant de prendre son envol.

Bédard, l'as du raccourci.

Quand il se pointe, il est presque vingt-trois heures. Large sourire et bref coup d'œil vers Curseur, qu'il craint. Je me méfie toujours un peu d'un homme qui a peur des chiens parce que curieusement, c'est souvent celui-là qu'on retrouve à quatre pattes au moindre ennui.

Je lui offre un verre de vin qu'il refuse, préférant un café. Pendant que je m'affaire, je l'entends déballer son discours sur le prix des vêtements qui deviennent inabordables.

— La moindre paire de chaussures plus ou moins confortable finit par te coûter les yeux de la tête.

Il affiche un air un peu plus suffisant que d'habitude et je ne sais pas comment interpréter ce qui se passe. Quand Bédard promène son regard avec l'air de celui qui ne risque rien, c'est que, ou bien il va me faire chier, ou bien il a réussi un coup fumant. Par bonheur il m'annonce qu'il a réussi un coup fumant. M. Lucien Lartigue, de la galerie Lartigue Art Contemporain, désire me rencontrer, et il y a une possibilité d'exposition pour le mois d'octobre.

— Y penses-tu ? Tu ouvrirais la saison, s'excite-t-il.

C'est dans ces moments-là que Bédard devient affligeant. C'est quand le monde entier se moule à ses projets et que tout son vocabulaire devient celui d'un banquier. Toute noblesse foutant le camp, il réduit la vie en colonnes. Le passif et l'actif et le reste sous le tapis.

Bref, c'est quand il chausse ses godasses de comptable que je ne sais plus trop par quel bout le prendre.

— Un ancien amant ? je lui demande, histoire de mettre un peu de piquant à ce qui s'annonce gris.

Il balaye l'espace avec sa main et se met à m'expliquer que je dois me mettre sérieusement au travail.

— Toi, tu t'occupes de peindre, et moi, j'écoule ce que tu produis. C'est tout ce qu'il te reste des *Fragments*, il dit en désignant *Fragments #4*.

Le seul de la série que j'ai toujours refusé de laisser partir. Les autres, ils se sont envolés à un prix que je n'aurais jamais imaginé. Huit grandes œuvres réalisées il y a plus d'un an. Presque noires et avec une image qui n'en est pas vraiment une.

Des œuvres que j'ai tellement aimées que j'en arrive presque à les détester, tellement elles m'ont tout piqué. Le numéro quatre, je le garde, histoire de ne jamais oublier que j'ai déjà été un peintre avec le vent dans le dos.

Je lève mon verre et j'explique à Bédard qu'on devrait aller dans un bar pour souligner une si bonne nouvelle.

Il est malade.

Depuis des mois il est malade et il refuse donc mon invitation.

Avec Bédard, ce n'est plus comme avant. Pour un rien, on faisait la fête et on finissait ça bras dessus, bras dessous malgré et avec nos différences. Je regardais les filles et lui les gars. On draguait chacun pour soi sans jamais abandonner l'autre. Défense de partir avec qui que ce soit. On appelait ça jouer à se ficeler la sardine. Souvent, Kim nous accompagnait et devenait l'arbitre de nos jeux dérisoires. Elle, elle n'avait pas le droit de draguer mais il arrivait qu'elle parte avec un gars, heureuse de nous laisser en plan. Des fois, Bédard était jaloux quand Kim dénichait un gars plus intéressant que la moyenne, et pour moi, c'était bizarre de la voir nous quitter.

Depuis quelque temps, la différence entre Bédard et moi va s'accentuant.

Je vais bien. Il va crever.

Au Hot Blues, il y a tant de monde qu'on se sent agressé rien qu'à se rendre aux chiottes, où on fait la queue. Je ne reconnais aucune des têtes présentes et ça n'arrange rien à mes humeurs.

Je traîne ma carcasse depuis trois jours rien que pour une histoire de couleur qui me fait la vie dure. Et puis, il y a ce vieux fond de colère qui me donne envie de larguer la planète et tout ce qui s'y trouve. Une colère qui ne distingue rien de rien, et tout y passe. La politique, l'art, l'économie, la médecine, le journalisme, la météo, le cinéma, la chanson, la télé, l'état de l'Afrique et même celui des chats qui traînent au coin des rues. L'alcool, dans ces moments, ne manque jamais de venir ensevelir mes ennuis. Je me suis pointé pour saluer Kim que je vois passer les bras chargés de bières qui trônent sur les têtes, fièrement paradées sur son plateau qu'elle tient comme une grande.

Tant pis pour Kim, je me dis.

Tous ces types que je ne connais pas avec toutes ces filles qui m'ignorent…

Dans ce décor d'un blues un peu fatigué…

Bref, j'ai peur que tout ça finisse par m'achever.

La sortie m'avale presque quand Kim me demande de patienter un peu.

— Je termine mon *shift*. Je suis à toi dans quelques minutes.

Elle, à moi ? Je prends ça avec un grain de sel.

Faiblesse, fatigue ou finauderie, je me dégote un siège entre deux mastodontes complètement soûls, dont un si amoché que je me demande si la bière lui entre dans la gueule ou si elle en sort. Alors que celui de droite plonge le nez dans son verre, l'autre tente de faire connaissance. Je m'excuse en lui disant que sa conversation ne m'intéresse pas. J'attends Kim et je comprends tout le bien qu'elle me fait. Dix mille ans, qu'on ne s'est vus. Dix mille ans, sans son sourire et ses mots qui savent si bien me faire carburer juste ce qu'il faut pour changer le paysage. Je la vois qui s'amène avec ses cernes autour des yeux. Une tête de raton laveur dont je me moque souvent.

Elle dit à un des soûlards d'aller s'écraser le cul ailleurs afin de prendre sa place.

— Des fois, ça me fait vraiment chier, qu'elle me dit.

— Si tu veux, je peux lui casser la gueule.

Heureusement, Kim ne m'a jamais pris au sérieux quand je sors ce genre de niaiserie.

— Ça fait un siècle qu'on s'est vus.

— Non, cent, je lui précise.

— Tu veux qu'on aille bouffer ensemble? me demande-t-elle. J'attends une amie mais, si ça te tente, tu peux venir avec nous.

— … pas vraiment l'humeur à la mangeaille, je lui signale en levant ma bière avec une désinvolture de cowboy qui souffle sur le canon fumant de son revolver.

Kim prend des nouvelles de Bédard et de ses projets, qui sont aussi devenus les miens. Elle s'intéresse à mon boulot. Depuis toujours elle s'y intéresse. Pas pour la frime, pas pour le sentiment d'être dans l'œil du peintre, simplement parce qu'elle sent des choses lui échapper et qu'elle a horreur de ça. La plupart du temps, je n'ai aucune réponse à ses questions et on fout ça sur le compte de l'instinct. Je peins par instinct, elle regarde par instinct et on ne s'éternise pas sur l'innommable.

Kim raconte des choses amusantes et je ris pour lui faire plaisir. Puis elle reparle de Bédard. Plus spécifiquement de sa santé. J'ai beau lui répéter que c'est inutile de s'inquiéter quand les dés sont déjà jetés, ça devient plus fort qu'elle. Comme si ça pouvait servir à quelque chose, elle se tape tous les articles sur son mal et s'emplit d'un espoir qu'elle sait absurde et nul. Il y a encore quelques mois, je cherchais les mots qu'il faut pour colmater les fissures d'une barque en perdition, mais là, je la laisse à ses chimères.

Je dis oui quand il faut dire oui, et on passe à autre chose.

À un moment, elle regarde par-dessus mon épaule et s'éclipse en me demandant de l'attendre. Au bout d'un instant, elle revient, m'annonçant gaiement l'arrivée de son amie.

— Elle, c'est mon amie Dolorès. Lui, c'est mon vieux chum...

— Ça va. On se connaît, je coupe. On s'est bien connus en Provence. Il y a longtemps. Ouf! Des lunes et des lunes, comme on dit.

Kim ne comprend trop rien et, comme à son habitude dans ces moments-là, elle embraie sur autre chose pendant que la Dolorès se contente de sourire. Et moi... Et moi, je comprends que je suis, depuis le début, le plus baisé de l'histoire. Kim réitère son invitation.

— Ça serait sympathique que tu viennes avec nous.

L'appétit semble me revenir peu à peu. De cette soirée où elle s'est foutue de ma gueule de charognard, j'ai encore tout sur le cœur. L'occasion se présente, belle comme un matin de printemps, de chatouiller un peu sa conscience sans pour autant torturer la mienne.

❏

On s'enfonce dans le quartier des néons, là où les mots s'illuminent en couleurs multiples et griment les façades décrépites. Kim et Dolo (c'est comme ça que Kim l'appelle) connaissent un resto où, pour peu, on mange beaucoup. Je me laisse entraîner sur ce trottoir chargé de corps dénués d'enthousiasme et qui souvent se parquent devant des vitrines baveuses. Je connais mal ce coin-là de la ville où les gens luisent comme des bijoux. Je veux dire que mes activités, mes amitiés, mes amours et mes bagarres ont toujours commandé des décors plus bruts. Des cendriers débordants, des femmes avec des nerfs d'acier, des bouteilles sur le point de se vider, des musiques à fond de train, des types prêts à crever pour un peu de plaisir et la nuit à perpétuité. Celle qui se porte dans la chair comme un tatou agaçant.

Le repas se déroule de façon convenable nonobstant l'obsession du cuisinier pour la coriandre. Me semble qu'il en a mis partout. Je demande aux filles si leur bière goûte la coriandre ; elles se tordent de rire alors que moi, je suis sérieux comme un pape. Puis Kim revient sur cette histoire de la Provence.

— T'es allé en Provence, toi ? elle me demande.

J'esquisse le geste le plus vague que je connaisse. Un geste qui englobe tout et qui désigne le vide. Un geste plein de rondeurs qui laisse à l'autre le soin de penser ce qu'il veut. Je n'ai pas envie de mentir à Kim et je n'ai pas envie de lui dire la vérité. Je connais bien Kim. On est de la même sueur. Par contre, je ne sais rien de l'autre, sinon qu'elle a un grain de beauté à l'aine, et ça me fait de beaux souvenirs avec lesquels jongler.

Par contre, ces deux-là semblent se connaître depuis un bon moment. J'imagine des histoires de bonshommes baisés à la sauvette, de dopes savoureusement inhalées… De choses que les gens qui se connaissent suffisamment envisagent de faire sans s'empêtrer de scrupules inutiles.

Pour m'assurer une fin de soirée décente, j'emprunte un peu d'argent à Kim, qui m'en doit. Enfin, je crois, puisque c'est elle qui tient les comptes.

— On finit ça où ? demande Kim.

Alors que je m'apprête à défiler les noms de certains bars dignes d'accueillir nos carcasses déglinguées, Dolo propose qu'on sirote un verre chez moi.

— Il pourrait nous montrer ses nouvelles œuvres, avance Dolo.

— Très peu pour moi, je dis.

Mais il y a la façon.

Elle me vise du regard avec ce sous-entendu qui lui allume la pupille comme si nous avions un truc à finir... Tout son corps qui se tend au bout de sa voix comme une aumône qu'on offre à un affamé... Je ne peux vraiment pas cracher sur cette promesse de plaisir qui hurle déjà en sourdine, là où il le faut, là où tout est à l'écoute du bien comme du mal...

C'est impossible à raconter, ce genre de frisson.

Kim veut bien vider quelques verres au beau milieu de mon désordre mais à condition qu'on écoute de la musique. On enfile nos cafés et le silence m'embête tant on n'entend que lui, tant il semble commenter la pornographie qui se déploie dans ma tête où déjà ça valse grandement. J'évite les yeux de Dolo, je crains ceux que Kim me fait comme un code de l'innocence. Du regard, je fouille la salle. Je fixe les clients qui s'empiffrent. J'épie les conversations... Je cherche un truc venu d'une autre table ou sinon d'une autre planète. Une phrase drôle, une confession gênante... N'importe quoi que je pourrais partager avec les filles.

Rien.

Rien que des clients sobres, sérieux, qui savent se tenir correctement à table et qui vivent sagement. J'invente une anecdote que j'attribue à mon voisin de gauche.

— Le gars d'à côté vient de dire à sa compagne qu'il aimerait bien qu'elle soit lesbienne parce que depuis toujours il rêve de baiser avec une lesbienne.

— Si elle était lesbienne, dit Kim, elle aurait pas envie de baiser avec lui, il me semble.

— Je veux dire lesbienne d'un soir.

Je m'embourbe dans mon mensonge. Dolo rit et Kim ne me croit pas.

— Si on y allait? je demande.

❏

Dehors, c'est déjà mieux. Il y a une ambiance de fête dans l'air et les gens ornent les trottoirs en jetant de l'ombre sur l'asphalte humide. Je jette un coup d'œil aux voitures garées et je les trouve toutes presque trop belles. Rien que ça, c'est un signe. Ça veut dire que je me sens prêt à regarder l'avenir en face avec un sourire en coin.

Kim.

Kim la fée.

Kim l'incodifiable bipède qui flaire l'envie des plus nobles baiseurs.

Kim la sœur orpheline qui donne la liberté comme on tend la main.

Va-t'en, Kim, je pense. Fous le camp, je lui télégraphie du fin fond de ma carcasse.

— Ça va, toi? elle me demande.

Je la regarde un long moment avant de détourner la tête.

— Moi non plus ça va pas, elle ajoute. Je vais pas te faire chier avec ça, mais ça va pas très fort. Sois gentil, elle me supplie.

Ce ton qu'elle a me rappelle la Kim des mauvais soirs. Celle qui ne va jamais jusqu'à pleurnicher mais qui sait en faire assez pour chavirer les astres. Ça tombe mal, parce que je n'ai pas vraiment envie qu'on vienne bousiller ce qui s'annonce. Je n'ai pas envie de lui avouer que mes couilles se trouvent à deux poils d'éclater. Pas envie d'excuser cet animal prêt à lécher les bottes de n'importe quel éboueur juste pour combler le vide de sa nuit.

Dolo a quelques pas d'avance sur nous et Kim enfile son bras sous le mien. On fait un drôle de couple, son regard dans le néant et le mien détaillant le balancement auquel se livre le corps de Dolo. Je ne suis pas le seul et je rage contre les types qui détournent la tête pour viser son cul. Afin de briser cet écart absurde, j'offre à Dolo de partager un joint avec nous.

❑

Une fois dans la bagnole, je tourne le bouton de la radio jusqu'à ce qu'une musique sensée nous parvienne.

— La musique n'est plus ce qu'elle était, j'annonce en jetant un coup d'œil au rétroviseur où j'aperçois Kim qui sombre dans une nuit prématurée. Merde, je dis.

Je le sais bien, quand Kim déraille, c'est que la fin du monde approche. Ça part dans un sens unique, celui d'une démence assoupie, et rien ne peut dévier sa course. Dolo aussi doit le savoir puisqu'elle ouvre la portière en me disant que, de toute façon, elle a quelque chose d'important à faire.

Je la regarde partir et je n'en crois pas mon corps tendu jusqu'à la racine. Kim ouvre les yeux puis la bouche pour dire :

— Je t'ai sauvé la vie, mon vieux.

Quand le téléphone se met à sonner, je suis en plein travail. Je n'en ai pas abattu des tonnes, mais suffisamment pour avoir les mains encrassées et l'esprit tranquille. Je ne sais pas comment j'ai fait mais j'ai de l'ocre jusque sur le biceps et un semblant d'idée en tête. Les idées, ce n'est pas fréquent par les temps qui courent. Alors je fais tout ce que je peux pour oublier la sonnerie et je m'enfonce davantage dans ce qui se trame. Le téléphone sonne et je l'oublie pour me concentrer sur la couleur qui pourrait peut-être ressembler à un projet.

Je me suis offert une nuit complète entre la musique, la toile et quelques gribouillis couchés sur un bout de papier. Seul et avec le monde dans le dos, c'est comme si ça donnait de l'allant à l'aventure. J'ai l'impression que le jour, avec sa lumière, boude la couleur. Trop crue, la lumière viole la surface et tout devient plat. La nuit, ce sont les spots qui viennent flatter la surface et qui font que le tableau est la seule chose qui existe. Je regarde mes fenêtres et je songe que, dans trois heures, le soleil va me donner son verdict, et j'ai peur qu'il soit terrible.

Après une bonne dizaine de sonneries, je dois me rendre à l'évidence que, même de dos, le monde ne peut pas s'empêcher de venir nous taper sur l'épaule.

Je coince le récepteur entre mon oreille et mon épaule en le maintenant du mieux que je peux.

— Salut, Rembrandt, ça dit. Ça va ?

Si je ne dis rien c'est parce que je m'allume une cigarette et que j'y mets un grand soin. Je reconnais la voix de

Dolo et ça ne me fait rien. Ni joie ni déception, et inutile de parler de bonheur. Kim, qui prétendait m'avoir sauvé la vie, m'a finalement jeté sous la coupe du bourreau à la première occasion.

— J'ai un petit problème et je me demandais si tu pouvais m'aider.

— Ça dépend de quoi il s'agit, je dis en expulsant la fumée.

Elle me demande de l'héberger pour un court moment. Juste le temps qu'elle se trouve un autre appartement et s'éloigne d'un coloc qui devient entreprenant. Je ne peux pas vraiment accepter mais, comme je ne peux pas vraiment refuser, j'invente quelques prétextes et je finis par lui dire qu'elle peut venir quand elle veut.

Ce n'est pas évident de bousculer le bordel millénaire de mon atelier. Des bouts de papier jonchant le sol, des pinceaux trempant dans des liquides poisseux, des chefs-d'œuvre empilés et des croûtes amoncelées. Un bol pour l'eau, un autre pour la bouffe et un gros nerf noué sur lequel Curseur passe sa rage. C'est comme ça qu'on vit, mon chien et moi. Un désordre dont on trouve toujours moyen de s'abstraire pour se concentrer sur l'essentiel. Moi, je devrai apprendre à ranger un peu mes choses, et lui, il va devoir comprendre que même en désespoir de cause, on ne chie plus devant la porte d'entrée. J'imagine toutes sortes de solutions, y compris un grand ménage.

— Va y avoir de la visite dans la niche, que je dis à Curseur qui bat de la queue.

Dans la mesure où on se contente de balayer l'espace du regard, ça devient convenable. Je n'irais pas jusqu'à dire propre mais on peut arriver à croire qu'un être humain passe une bonne partie de sa vie entre ces quatre murs. Je promène mes yeux dans tous les coins et je ne mets pas longtemps à me convaincre qu'au fond, l'atelier n'est pas si mal. Il y a bien sûr quelques bricoles qui traînent, mais je trouverai bien à les glisser derrière les piles de tableaux.

Je suis un peintre, je me dis, et quand une fille décide de venir s'y frotter, faut accepter la merde qui vient avec.

❑

Le reste de l'après-midi se déroule au rythme de quelques rasades que je prends devant ce tableau qui commence à me plaire. Je réorganise formes et couleurs sans même me donner la peine de toucher un pinceau. Avec la tête j'arrive à de multiples prouesses qui, de par leur facilité, me prouvent bien que la peinture reste une affaire de bras noués, de mains crasseuses et de nerfs à bout. La peinture, c'est la sueur de l'atelier où, des fois, on risque de se noyer.

Je tourne en rond et l'horloge s'englue.

Je suis à bout de souffle et je n'ai presque pas bougé. Je devance mon départ, tout de même inquiet de cet espace que je m'apprête à partager.

❑

Pour tuer le temps, je me précipite au Hot Blues pour faire un brin de causette avec Kim. Je salue quelques têtes que je pense reconnaître pour enfin m'installer au bar où je suis seul avec elle. Je souhaite très fort qu'elle ne me parlera pas du mal qui avale Bédard. Fait beau, j'ai ce tableau qui m'attend et une fille qui s'en vient planter son tipi dans ma cour. Bref, il n'y a aucun virus qui peut brouiller mes cartes.

Les après-midi au Hot Blues, c'est une parenthèse dans la vie. Une trêve où les buveurs reprennent leur souffle avant le prochain sprint. Sitôt que je suis installé, Kim me gratifie d'un léger sourire puis d'une brève moue.

— Ton boss me fait chier, je lui dis après qu'il lui a conseillé de laver les cendriers. À ton commandement, je lui arrache la tête.

Elle ne dit rien. Même pas un sourire, et pourtant, j'ai envie qu'elle soit là, devant moi, à cause de n'importe quoi qui devrait nous rassembler.

— Tu savais ça, toi, qu'Hervé pense vendre des tableaux de sa collection pour payer ses médicaments ?

— Non, je dis, mais je sais que si les médicaments peuvent prolonger sa vie, la vente de ses tableaux, ça va le tuer. Faut pas paniquer. Il va sûrement arriver un truc inattendu et les choses vont se replacer.

— Comme la vente d'un tableau que tu vas peindre, par exemple ?

La seule façon que j'ai de changer tout ça, c'est de chier quelques œuvres de génie que Bédard saura changer en dollars. Avec sa part, il ira se gaver de trucs dégueulasses qui prolongeront son drame ; avec la mienne, je trouverai bien le moyen de mettre un peu d'encens sur cette misère qui commence à sentir.

Un client réclame Kim, qui s'absente puis revient.

— T'as vu l'expo de Soulage ? je lui demande, pour changer le cours de la conversation.

— Il traverse bien le temps (je ne sais pas si c'était une question ou une affirmation). À une certaine époque, on ne l'aimait pas beaucoup. On avait des idées et on savait les défendre. Même avec les erreurs. À ce moment-là on n'avait pas le choix, j'imagine.

Appuyée à son bar, le regard perdu aussi loin que la lune, elle se met à raconter les vieilles épopées d'une culture qui avait du chien. Une époque où la raison habitait la plus grande des gueules toujours prête à mordre l'énoncé le moindrement suspect. Quand Kim cavale ainsi, je goûte en silence le délire heureux qui s'installe. Il n'y a rien à ajouter quand Kim tranche dans l'histoire. La révolte d'un côté, l'insignifiance de l'autre.

Riche/pauvre.

Homme/femme.

Occident/Orient.

Con/pas con.

Toujours un face à face où il n'y a pas trente-six façons de se caser et, depuis un certain temps, je finis toujours par me retrouver dans le mauvais enclos.

— Tu perds de ta fougue, mon beau.

— Quand on vit avec les loups, faut savoir se mettre à quatre pattes, je réplique sans trop de conviction.

— J'ai du mal à te voir si tranquille.

— Tu sais, Kim, je lui dis, le drame est le suivant: partout ça empeste la charogne, mais faut bien continuer de respirer.

Elle regarde encore plus loin et se tait.

Ça va rarement plus loin. Son ardeur ébréchée manque du souffle nécessaire pour réveiller les vieux guerriers affaiblis. On ne mène plus nos batailles qu'en ombres chinoises, à la tombée de la nuit, aux lueurs faibles de quelques bars, souvent les mêmes.

Kim dépose un verre de rouge sous mon nez en précisant que la maison me l'offre. Elle sent le besoin de gueuler un bon coup et je suis son public, sa raison et sa cible. Un verre de rouge, le salaire de mon silence à la merci de ce mal qui se cherche un bourreau. « La misère a la couenne dure, ma vieille », je pense.

Très, très dure.

— Tu vas te coller à Dolo?

— ... (je n'aime pas le ton)

— ... Pourquoi tu fais ça? lâche-t-elle.

— Parce qu'elle me l'a demandé. Pour lui rendre service, j'explique.

Un verre de rouge tout juste entamé et une soif qui s'éteint d'un coup. Ce verre de rouge qui me colle à la main et la réplique qui me fait horriblement défaut... Je fais un drôle de tableau. Le bec cloué, j'avale la pitance et je lance un clin d'œil vers Kim avant de prendre congé.

❏

Les nouvelles vont vite mais dehors l'air est frais et l'hiver prend des vacances.

Dolo m'a indiqué clairement l'endroit où je dois la prendre. Avec plein de détails. Des rues à sens unique, des pièges à éviter, des culs-de-sac inattendus. Ce qui se voulait clair au bout du fil ressemble soudain à un cauchemar. Je tourne en rond depuis un bon moment quand finalement j'aperçois l'endroit. Ce n'est pas une rue mais un bout de ruelle étroit. Un ourlet dans la ville avec seulement deux maisons qui se font face. Je la vois, debout, une petite valise grise à ses pieds. Elle ne me voit pas et j'en profite pour la regarder, la détailler. Elle pose un doigt sur sa langue pour ensuite essuyer une tache sur sa main, puis elle lève le nez vers le ciel et évalue la densité des nuages au-dessus de nos têtes.

On se prépare une belle tempête.

J'avance la bagnole dans la ruelle mal dégagée et j'ai une frousse du tonnerre quand je pense au ressort de la roue avant qui en a encaissé plus qu'il n'en faut.

— Je pensais que t'avais un passé plus lourd, je lui dis en saisissant la valise.

— Je voyage léger, elle réplique.

Elle m'explique que son coloc est devenu complètement fou. Toujours là, à la regarder, à espionner chacun de ses gestes. Je soupçonne qu'il doit y avoir autre chose en plus, mais je ne veux pas vraiment savoir le fin mot de l'histoire. Ce qui m'intéresse de Dolo, ce n'est pas vraiment son passé ni d'ailleurs son avenir. La vie est ici, maintenant, dans ma Honda grise et terne, et ça me suffit amplement. Poussé sans doute par l'envie que Kim constate que tout va bien et que la vie n'est pas nécessairement un tissu de malheurs, je demande à Dolo si elle se laisserait tenter par une petite escale au Hot Blues.

— Non.

Un beau non tout rond qu'elle lance avant de prétexter toutes sortes d'urgences pour le justifier. Des trucs que je ne crois pas du tout mais contre lesquels je n'ai aucune envie de me bagarrer.

❏

Je ne sais pas trop ce qui se passe. J'ignore le sens réel de l'arrivée de Dolo dans mon enclos. Elle y est et, de toute évidence, elle campe mieux que moi-même dans ce lieu que j'habite tant bien que mal depuis plus de six ans. Tantôt temple de perdition, tantôt royaume de la convenance, l'espace trouve toujours la souplesse nécessaire à mes humeurs. Ma demeure. Mieux, ma niche où je suis heureux soudain que les quatre murs ne puissent parler. Je ne peux pas m'empêcher de regarder Dolo tant elle me paraît jeune. Aucune usure sur sa figure, des membres fermes et agiles... Une rapidité dans le geste comme dans le verbe... Rien à voir avec ma gueule qui ne peut plus cacher les faux plis de mes quatre décennies. « La vie est injuste », je me dis en me servant un verre de blanc.

Curseur n'en finit plus de bouger la queue. Elle lui caresse la tête en m'expliquant la rareté des logements.

— Montréal devient le terrain de jeu des spéculateurs immobiliers, elle dit.

Dolo parle encore un moment de ses malheurs et j'ai la tête ailleurs. Je me passe tout ça d'une oreille à l'autre sans trop y prêter attention. Bref, je m'en fous, il y a du vin et suffisamment de pénombre pour deux.

Dolo s'arrête devant le tableau en chantier et me demande ce qu'il deviendra une fois terminé. Je me racle la

gorge avant de me lancer dans une explication que j'impro-
vise mais qui tient le coup. Je m'étonne moi-même de la
facilité avec laquelle j'arrive à discourir sur une ébauche.
Question de pratique. Ça part toujours de Matisse mais je
ne sais jamais où ça va atterrir. J'ai fait ce genre d'exercice
des centaines de fois. Parler, soupeser, appréhender... Et
toujours préciser que la peinture possède une telle avance
sur le discours que ce dernier rate toujours sa cible.

— C'est pour ça que le discours ne doit jamais perdre
de vue la distance qui l'oppose à la pratique.

Je dis tout ça pour rien puisque le soleil ne se gêne pas
pour défoncer mes fenêtres et, du même coup, anéantir ma
nuit de travail.

Je sens bien qu'aucune conversation ne tiendra la route
bien longtemps. Je propose d'aller au cinéma. Il y a un film
où on raconte l'histoire d'un gars qui vit dans un bled
reculé où il ne passe jamais rien sinon des caravanes de
touristes qui traversent le village une fois par année.

Elle refuse en s'approchant de moi. Elle ne sait pas
comment me le dire mais je finis par comprendre que ce
soir nous resterons à la maison pour jouer au docteur.

Depuis deux semaines, je n'ai pas vu Kim. Elle se paye quelques jours de vacances et, dans ces moments-là, elle s'absente du monde.

Sans me donner la peine de prévenir, je me rends chez elle parce que Kim, c'est comme une drogue dont je ne peux me passer très longtemps. Et je ne suis pas le seul puisqu'en entrant je découvre Bédard bien campé dans un vieux fauteuil au dossier écorché. Kim paraît heureuse qu'on se soit tous les trois réunis sans la moindre préméditation. Comme quand on avait vingt ans et qu'on passait des après-midi à ne rien faire qu'écouter de la musique sans rien attendre de l'existence, sauf qu'elle se transforme du tout au tout.

Elle m'offre un thé que j'accepte même si je n'aime pas le thé.

— Paraît qu'il y a une demoiselle dans le décor, me dit Bédard. Et c'est peut-être pour ça que t'as les yeux dans le fond de la tête?

— Ben, disons que c'est pas toujours évident à suivre mais, tu connais mon endurance, j'arrive à me débrouiller pas trop mal, je lui dis en épiçant ma réplique de quelques gestes.

Kim s'amène avec les tasses de thé. Elle me fait rire parce qu'elles sont toutes de la même couleur que la théière. Je la regarde déposer son fardeau sur la petite table et je me passe une réflexion lubrique.

— Qu'est-ce qui t'amuse tant? s'informe-t-elle à Bédard.

— Notre ami m'explique qu'il est en train de retrouver sa jeunesse dans les bras de sa flamme et qu'au bout du compte, c'est elle qui risque de s'épuiser.

Kim se moque un peu et précise à Bédard que les hommes ne comprennent rien au temps qui passe et que c'est pour ça qu'ils ont souvent la tête plus dure que la queue. Là-dessus, je la rassure et je change de sujet. Bédard me dit qu'il doit partir mais qu'on se verra bientôt pour discuter un peu de notre affaire. Il enfile un manteau qui me semble bien mince pour le temps qu'il fait et, avant de sortir, il me précise une chose.

— Ne fais jamais un trop gros pari sur tes capacités. On a le même âge, et regarde, qu'il dit en se désignant.

Ça ne fait rire personne même si on fait semblant.

— T'en fais pas, mon Bédard. J'attends que tu me donnes ton signal pour admettre enfin que je suis trop vieux pour le genre de chose que tu penses.

— Vaut mieux être prudent. Et crois-en un vieil ami, qu'il ajoute en tentant de défaire son foulard coincé dans la fermeture éclair.

Il lève la main, ferme les yeux, prend une grande bouffée d'air, dit « Bon » et s'en va.

J'offre une cigarette à Kim qui la prend du bout des doigts. Mon briquet tirant à sa fin, il me faut une dizaine de coups avant de faire surgir la flamme. Je sais Kim soudainement nerveuse et je décide de ne pas lui tirer les vers du nez. Juste sa façon d'expulser la fumée m'en dit long sur son humeur. Même son chat, qui demande la porte, elle s'en fout.

Je laisse le silence s'épaissir entre nous.

— Je m'inquiète pour Hervé, elle finit par dire en écrasant sa cigarette. Il a encore maigri. On dirait qu'aucun médicament ne fait effet.

Avec ses yeux qui s'embuent, ce n'est pas facile de ne pas m'effondrer. Alors, je me tais. Je ne lui dis pas qu'il vaut mieux ne plus espérer. Je ne lui dis pas que le mal est partout dans son corps. Jusque dans les plis de sa chair. Jusque dans la moelle de ses os. Jusque dans la plus infime partie de cette charpente encore agréable à regarder.

Un trompe-l'œil.

Je ne lui dis pas que c'est comme un coup de revolver sur sa tempe quand le doigt vient de se décider et que nous, on peut tout juste regarder au ralenti une trajectoire inéluctable.

Paf! ça traverse tout et il ne reste plus qu'à ramasser les miettes.

On vit dans un ralenti auquel on n'a pas d'autre choix que de se laisser prendre.

Bédard, c'est une barque trouée de partout qu'on ne peut plus que regarder sombrer.

Je demande à Kim si elle n'a pas un peu de vin.

— T'es malade, il est dix heures du matin!

Alors je reprends ma tasse de thé et je sens que l'avant-midi sera long. Je m'enfonce les mains dans les poches et je brise le silence.

— On va pas crever par solidarité, hein? On va pas se rendre malade d'être en santé. On ne peut que sympathiser. On ne peut que faire semblant que c'est qu'une mauvaise grippe. Une indigestion. Une otite. Une crise de foie. Un bouton qui va bien finir par crever. On peut se faire croire qu'on va se retrouver en Espagne pour fêter nos quatre-vingts ans. Mais ça change rien au décor. Le drame, c'était il y a quinze mois, quand il nous a appris la nouvelle. Maintenant, il ne reste plus qu'à regarder le ravage s'installer.

— Je te déteste quand tu fais l'imbécile, elle tranche en me piquant une cigarette.

Bédard refuse qu'on lui parle de sa maladie et je m'en accommode parfaitement. Je vois dans ce refus une certaine forme de noblesse qui lui rend, comme à nous tous, le temps supportable. Alors je peux continuer à boire, à bouffer, à fumer, à baiser et à glaner comme dans le bon vieux temps. Comme dans le temps où son sang était propre et son sperme inoffensif. Déjà que je supporte cette folie qu'il dirige ma carrière sans broncher, je ne vais pas laisser ma peau dans cette histoire où tout est décidé.

— Je bande, Kim, je lui dis. J'y peux rien, je bande et je ne tue personne quand j'éjacule.

Il n'y a plus moyen de rien dire. Il n'y a plus moyen d'affronter la vie crûment depuis que Bédard est allé se foutre le cul dans des lits empoisonnés.

Planté devant la fenêtre, je cherche une petite phrase qui pourrait détendre l'atmosphère. Comme toujours dans ces moments-là, rien ne vient et, en plus, le ciel se couvre.

Je peins même si je sens que ça désespère Dolo. Je rate mon coup, je chiale un peu et c'est ça qui l'indispose. Ça ne dure jamais longtemps. Ou bien on part flâner ensemble, ou bien elle part flâner toute seule, et ça me laisse tout mon temps pour jurer sur la couleur qui me tient tête.

— Je pars.

C'est comme ça qu'elle vient de mettre un terme à une discussion qui n'aurait mené nulle part. Elle ne dit pas « je pars » avec des sous-entendus qui me jetteraient dans l'abîme. Elle dit « je pars » comme elle dirait « je m'appelle Dolo ».

Bref, elle m'annonce une évidence.

❏

Coup de fil de Kim.

Pas celle des meilleurs jours avec un petit rire dans le ton mais celle qui a le souffle court tellement l'inquiétude lui broie le cœur. Ses mots s'empilent les uns sur les autres et les phrases sont construites comme si le temps marchait à reculons.

— Parle moins vite si tu veux que je comprenne où tu veux en venir, je lui demande.

— C'est pas ça, qu'elle réplique. Pendant que je te parle, je repasse une chemise que je dois mettre avant de partir pour l'hôpital. Hervé... qu'elle ajoute avec une planète dans la gorge.

Kim m'explique tant bien que mal que Bédard est tombé inconscient dans une épicerie entre le comptoir de légumes et celui des fromages fins. Les gens n'arrivaient pas à le réanimer et les ambulanciers l'ont emmené à l'hôpital Notre-Dame. Là-bas, ils ont trouvé le moyen de le ramener sur terre. Bédard lui a passé un coup de fil pour lui dire ce qu'il en était.

— Et ? je lui demande.

— Et ? Et rien, sinon que mon ami est à l'hôpital et que c'est naturel que j'aille le voir.

— Lâche un peu, que je lui dis.

— Peux pas, qu'elle réplique.

J'ai du mal à comprendre comment on fait pour tirer sur la vie de cette façon-là. Comment on fait pour ne pas voir qu'un ruisseau est asséché. Qu'un pneu est crevé. Qu'un chien a les reins cassés par le temps.

Elle me dit qu'en sortant de l'hôpital, « veut, veut pas » Hervé va se reposer.

— S'il le faut, j'irai avec lui à son chalet. L'Outaouais au printemps, c'est magnifique.

— On est en plein hiver, que je lui précise.

— L'hiver finira bien par finir. Puis, le chalet d'Hervé est hivernisé.

— J'en sais rien, je lui dis.

Kim dit n'importe quoi pour s'étourdir mais j'ai bien peur que ce soit mon équilibre qui devienne précaire.

— Qu'est-ce que t'as ?

— ...?

— On dirait que ça te dérange ce que je fais pour Hervé. Je te connais bien. En tout cas assez pour savoir que ça te fait rudement chier tout ce qui arrive.

— Rudement, comme tu dis.

Ce que je garde pour moi, c'est que si je m'effondre à mon tour, qui va donner un semblant de vie à tout ça ?

— Tu veux que j'aille à l'hôpital avec toi ? je lui demande. Je passe te prendre dans dix minutes.

❑

Tout au long du trajet qui nous mène à l'hôpital, Kim n'arrête pas de dire que l'hiver la tue un peu plus chaque année. Elle me demande aussi de ne pas tout compliquer. Que si elle en fait trop à mes yeux, c'est que les circonstances le demandent.

❑

À l'intérieur, je ne peux pas m'empêcher de dire à Kim que l'odeur des hôpitaux me rappelle celle de la mer.
— Et pas n'importe laquelle, je lui précise. Celle à Saint-Omer, en Gaspésie.
— T'as dû baiser avec une infirmière dans ce coin-là.
Elle me prend à moitié au sérieux et se dirige vers une employée pour lui demander où elle peut trouver M. Hervé Bédard. La fille ne trouve pas et ça n'arrange rien aux nerfs de Kim que je sens à deux doigts de tout dévaster. Pendant que la fille cherche encore, j'allume et je lui dis que ce n'est pas Hervé mais Marcel Bédard. Une coquetterie de jeune adulte qu'il a conservée. En moins de deux, elle trouve et nous aiguille. Me tournant vers Kim, je ne peux pas m'empêcher de lui dire :
— Tu vois, c'est pas nécessairement celui qu'on pense qui complique tout.

❑

Devant l'ascenseur qui met une éternité à arriver, il y a une vieille dame dans un fauteuil roulant, que j'évite de regarder. Sûrement bicentenaire et laide comme un dragon éteint. Je l'ai vue rouler des yeux dans tous les sens et ça me suffit. À un moment, elle me tire par la manche de mon manteau et me dit :

— Vous êtes beau, monsieur. Emmenez-moi avec vous.

Je regarde Kim qui me fait remarquer que j'ai toujours su plaire aux femmes.

❑

Frais comme une rose, notre homme discute avec un médecin qui note des choses savantes sur une feuille. En nous apercevant, il lève les bras au ciel et nous répète ce qu'il disait au docteur :

— Je me sens parfaitement bien et je ne comprends pas pourquoi on garde les gens à l'hôpital malgré eux.

Le médecin nous jette un coup d'œil sévère et fout le camp. Kim tente d'apaiser Bédard, et ce n'est pas une mince tâche. Ses yeux sont ceux d'un chien fou au bout d'une laisse trop courte.

— Ils veulent me garder quatre ou cinq jours pour une série de tests.

Au bout d'un moment, elle finit par le calmer et va même jusqu'à pousser quelques blagues que je fais semblant d'apprécier.

De la fenêtre, je vois qu'une épaisse couche de nuages recouvre la ville et je le mentionne aux autres.

— Dehors c'est doux, je dis. Ça va être de la pluie. Je prédis un printemps hâtif.

— Ben moi, ajoute Kim, je parierais qu'on va se retrouver avec une sérieuse bordée de neige.

— Et mes plantes ? lance Bédard. Ça fait deux jours que je me promets de les arroser. Dans quatre jours, elles vont crever !

Je tends la main avec un sourire qui en dit long et il y laisse tomber son trousseau de clés en forme de fer à cheval.

❏

Si Kim paraît apaisée, je me sens pour ma part un peu abattu. En sortant, j'évite de justesse la vieille dame qui me trouve du charme. Sur le trottoir, je pointe le doigt vers le ciel et dis :

— Regarde.

Des flocons se croisent déjà au-dessus de nos têtes et Kim sourit.

❏

Quand je pousse la porte de l'atelier, Curseur bat de la queue et Dolo est absente. Sur la table il y a une note que je ne lis qu'à moitié. Elle m'invite à la rejoindre dans un bar du centre-ville où il y a un *band* qui reprend les chansons des Sex Pistols.

Il me reste un fond de blanc que je m'envoie vite fait en jonglant avec l'idée des plantes de Bédard qui se demandent pourquoi elles n'ont pas eu droit à leur rasade.

— Allez, viens, Curseur. C'est pas encore le printemps mais, sur les trottoirs, y a des filles et des chiennes, et des bêtes comme nous pour s'en rincer l'œil. Sans bagnole, juste avec nos pattes.

Vent devant, on se rend chez Bédard et je m'encourage car je l'aurai dans le dos pour le retour.

❏

Curseur n'a pas le nez assez long pour renifler tous les coins et je me dis que si Bédard voyait un chien de cette taille se balader librement dans son loft, promener ses griffes sur le plancher vernis et répandre ses poils un peu partout, ça mettrait un terme à sa survie.

Je me dirige tout droit vers la plante la plus grosse et je lui en fais boire un bon coup, histoire de réparer les injustices. Puis, je les arrose une à une en me disant qu'il y en a vraiment beaucoup trop.

Restent quelques bières dans le frigo et je décide qu'elles deviennent le salaire de ma dévotion. Je m'installe dans le fauteuil et j'entreprends de descendre ces quelques canettes de bière en m'efforçant de ne penser à rien. Pour la première fois je trouve que cet espace ressemble à un désert. Malgré toute cette verdure qui, ou bien s'élève, ou bien pendouille, impossible de s'enlever de l'idée que plus rien ne peut vivre entre ces quatre murs.

J'examine les tableaux qui ont toujours fait la fierté de Bédard. Il se glorifie surtout d'une gravure de Riopelle qu'il a eue pour presque rien. Moi, j'opterais davantage pour le petit Pellan près de l'entrée. Je n'ai jamais aimé le travail de Pellan et c'est pour ça que je m'attache à ce tableau-là. C'est comme s'il échappait à la règle. Faut dire que le choix n'est pas facile à faire. Lemoyne, Dumouchel, Bellefleur, Molinari...

Et ça, ce n'est rien.

Je me lève pour aller jeter un coup d'œil dans sa réserve. Une pièce grande comme un mouchoir de poche mais où il a entreposé des œuvres qui croupissent injustement. Surtout un petit McEwen avec un bleu qui crève les yeux. Tous des petits formats mais qui ont l'impact et l'intelligence des œuvres majeures.

Je reviens dans mon fauteuil pour caler ce qui me reste de bière. Je fume une cigarette, puis une autre. Curseur vient placer sa tête sous ma main qui pend alors que j'examine le plafond et que je décide de piquer le petit tableau de Jean McEwen.

Un verre de blanc à la main, fumant cigarette sur cigarette, je scrute la surface et je grimace toujours. Je pense déjà à laisser le pinceau quand je reconnais la touche de Bédard qui frappe à ma porte. Il a une façon particulière de s'annoncer. Une longue série de coups, silence, et retour avec le toc toc toc habituel.

— Entre, Bédard, je crie.

— Ta façon de m'appeler « Bédard »…

Il n'aime pas ça quand je l'appelle Bédard. Il y voit l'expression d'une vulgarité qui consiste à ramener les gens à une espèce de matricule insignifiant. Une marque de commerce. Parfois il me dit : « J'ai un prénom, tu sais. » Et je sais aussi qu'il l'a bousillé, son prénom. Bref, c'est sans malice que je m'amuse à l'appeler Bédard. Rien que pour froisser un peu sa majesté de pacotille.

Celui-là, depuis qu'il s'est retrouvé dans une chambre d'hôpital, il a du mal à oublier sa fin et ça se voit jusque dans le moindre de ses gestes.

— Tu t'es remis au travail, il finit par dire en cherchant la meilleure position qu'offre mon fauteuil.

Je ne m'y suis pas vraiment remis. Il y a bien sûr cette toile accrochée. J'essaie, tout au plus. Presque rien au fond. Quelques taches, quelques traits, signe évident que je ne sais pas où je m'en vais. Une histoire sans début ni fin et où ça me fait un peu chier qu'il vienne foutre le nez.

Il regarde sans parler.

Ses yeux vont du *Fragments #4* à cette merde que je peinturlure de peine et de misère. Je sais bien que ça n'arrive à la cheville de rien. S'il me le mentionne, je lui casse la gueule.

Il se tait toujours et je commence à y prendre plaisir.

Toujours un peu inquiétant de s'avancer quand on ne connaît rien des intentions de départ. S'il dit que c'est bien, je lui réplique aussitôt que c'est de la merde. S'il dit que c'est de la merde, je le fous à la porte. Ça crée des tensions, ce genre de situations, et ça confirme ce que je pense depuis toujours : personne ne devrait jamais venir se traîner les semelles dans l'atelier d'un peintre.

— T'es rassuré ? je lui demande.

— C'est pas ce que tu penses...

C'est précisément ce que je pense. J'en sais suffisamment sur le bonhomme pour ne pas me tromper sur ses silences. Que je fasse n'importe quoi, lui, il s'arrangera pour trouver preneur. C'est à moi d'y croire. Le discours comme étal, Bédard rend géniale la moindre bricole en court-circuitant l'histoire, polissant ici ou là le détail incertain. Il parvient ainsi à duper n'importe qui.

Du grand art, que le sien.

Je ne sais pas ce qu'ils ont mis dans son sang mais depuis qu'il est sorti de l'hôpital, c'est comme s'il avait soudainement le droit de faire chier l'humanité.

Je ne suis pas d'humeur à supporter la maladie et encore moins si elle se donne le droit de venir bousculer ma quiétude.

— Prends une chaise, je t'apporte du vin, je lui dis avant de m'énerver.

C'est lui qui s'énerve.

Il s'énerve comme un type qui va crever sur-le-champ s'il ne change pas de position.

J'aime mieux servir le vin.

Je pense à un voyage qu'on a fait ensemble en Gaspésie vingt-cinq ans plus tôt. À cette époque il regardait les filles et les filles ne regardaient que lui. Juste sa façon d'enlever son t-shirt et de plonger dans une eau presque glacée, ça me donnait envie d'entrer chez les moines. Il était parfois presque nu rien qu'à sa façon de regarder les gens. Il baisait les filles comme on fume sa cigarette. Sans histoire. C'était impossible de ne pas l'envier tant l'exercice lui paraissait facile. Tant les filles s'accommodaient de cette manne passagère sans trop se soucier de ce qui se passait au bout de son « bébétier ».

Je lui fais signe de venir chercher son verre.

— Je suis pas inquiet, je te jure. Je sais de quoi t'es capable. Je connais bien ton travail… Ta façon d'aborder la couleur… l'espace… Sinon, jamais je me serais associé avec toi. Je passais par là et… Tu ne donnes jamais de nouvelles.

— J'ai pris congé du monde, je lui dis.

Plus ou moins vrai.

Je plane plutôt dans un autre monde. Une planète menée de main de maître par Dolo qui m'y trimballe. Comme un toutou docile, je bats la queue devant ce monde avec l'horizon qui n'en finit plus de reculer. Au diable le reste ! J'ai tout juste assez d'yeux pour englober ce qui gravite et je ne veux pas m'embêter de rien. Et qu'on ne me fasse pas le coup du naïf. Je sais, tout ça est parfaitement faux. Si parfaitement qu'il serait bien tentant de s'y laisser prendre. Je suis d'une autre nature et je n'ai besoin de personne pour me souligner qu'un de ces jours tout va foutre le camp. Qu'un de ces jours, je me retrouverai avec mes vieux os. Mais je plains celui qui viendra me faire chier avec cette histoire-là. Et si jamais Bédard s'aventure sur cette pente-là, je ne donne pas cher de sa peau.

Tout est faux.

Alors…

Tout est faux, y compris cette santé qu'il s'invente sur un *make up* trop léché. Sous ce faux fini graisseux, il est blême comme la mort.

Malgré toute l'amitié et les heures passées sur nos désespoirs, le mensonge est dorénavant sur nos lèvres pour y rester.

Dolo va rentrer.

Pas tout de suite.

Mais je sais que c'est pour bientôt.

Je suis même tenté de souhaiter qu'elle ne rentre pas du tout, quitte à me fendre l'âme en quatre tant je serai inquiet.

Je n'ai pas envie de les présenter l'un à l'autre. Pas envie d'être le pont entre deux mondes que je ne peux qu'imaginer dos à dos. Elle, jeune et bestiale. Lui, ciselé comme une porcelaine. Elle, incisive comme une lame. Lui, courtois comme une vipère gorgée de venin.

Lui :

— Tu cuisines quoi, là ?

Moi :

— Des cannellonis. Poulet, épinards, sauce au vin avec de la crème. Ne pas oublier le parmesan. Frais, le parmesan. Pas de cette chiasse qui sent le vomi et que les restaurateurs s'entêtent à nous servir.

Je me concentre sur la farce comme s'il n'y avait que ça au monde. Aux oubliettes Bédard et ses marchands de croûtes. De petits tuyaux de pâte bourrés à bloc d'une farce bien relevée, une bouffe joyeusement arrosée et la baise en prime. Il y a dix mille ans que je n'ai rien connu de tel.

Dix mille ans que je ne me suis pas retiré les mains des pigments et des problèmes qui viennent avec.

Dix mille ans que mon discours ne ressemble pas à celui de la veille.

Dix mille ans que je n'ai pas posé les yeux sur un rien qui fait du bien.

Je profite de ce bout de vie et ne me gênerai pas pour roter bien fort le plaisir que je goûte.

Quand Dolo fait finalement son entrée, Bédard piétine les plates-bandes de quelques peintres concurrents. L'art contemporain se meurt toujours un peu dans l'œil de mon ami. Le doigt enfoncé dans un cannelloni, je dois me résoudre à l'idée que pour lui, ce nom, Dolo, ait maintenant un corps.

Lui : politesse, réserve, entregent.

Elle : surprise, amabilité, appétit.

Bédard questionne.

Dolo ment.

Cannellonis pour deux.

Tout est joué à l'avance. Rien à ajouter. De petites momies de pâte, parfaitement fourrées, qui n'attendent que d'être enfournées. Un muscadet au frais et un saint-chinian sur lequel j'ai déjà l'œil. Un bonheur tout simple. Momentané, mais tout simple. Ne manque plus que l'intrus secoue ses membres et retourne dans ses quartiers. Qu'il active ses rotules au rythme des ressorts qui chantent dans mon ventre et des frissons qui s'annoncent déjà.

Bye-bye, Bédard.

Cannellonis pour deux et Dolo pour moi tout seul.

Elle s'avance un peu trop.

— Tu veux manger avec nous ?

Il n'a pas faim.

— … mais je prendrais peut-être un autre verre de vin.

Cette parenthèse me permet de voir Dolo opérer. Elle raconte à Bédard l'époque où elle travaillait pour un sculpteur dans une ville des États-Unis. Pendant qu'il écoute, je tente un petit calcul mental en mettant bout à bout les histoires que Dolo a racontées depuis que je la connais. Elle doit friser les quatre-vingt-dix ans. Je trouve absurde les gens qui mentent sans remords, mais je ne peux pas m'empêcher de trouver qu'elle ne fait drôlement pas son âge.

Il ne s'éternise pas, mais reste assez longtemps pour ébrécher ma bonne humeur.

Après son départ Dolo m'explique que c'était la politesse la plus élémentaire et que je ne suis qu'un maroufle.

— Un quoi?

— Un maroufle. C'est ce que disait ma grand-mère quand elle parlait d'un mal élevé.

Elle critique vivement mes manières en se taillant les ongles d'orteil, la cheville appuyée sur la cuisse, et je vois sa petite culotte.

Bédard a longtemps insisté pour que j'aille au vernissage des œuvres de Lavallé, chez Latour. À défaut de voir mes œuvres, il faut, me dit-il, « que les gens sachent que tu vis toujours ». J'ai gueulé par principe et je lui ai dit que j'irais.

Je montre la photo du carton d'invitation à Dolo. Une croix avec une multitude de petites touches de couleur.

— On dirait une nuée de fientes multicolores. Une joyeuse crucifixion, tu trouves pas?

Dolo, des fois, elle n'a pas besoin de parler, ses yeux s'en chargent.

— C'est important que tu y ailles. Aide Hervé à t'aider.

— Tut, tut, tut, je rectifie. Moi, j'ai jamais rien demandé à Bédard. Même que, faut peut-être voir ça dans le sens inverse. C'est peut-être moi qui aide Bédard. Il s'occupe de mes affaires et ça l'aide à oublier que pour lui, la fin, c'est après-demain.

Je fais semblant de subir une torture mais au fond ça ne me déplaît pas vraiment d'aller jeter un coup d'œil sur les travaux de Lavallé. C'est pas un con, Lavallé. Un peu arriviste mais pas con. Peut-être qu'on aurait encore plein de choses à se dire même si déjà, à l'époque, on prétendait qu'il avait la langue plus longue que le pinceau. Plus longue et plus colorée. Le rouge de la honte, le bleu d'une colère étranglée et le noir du torchon qui essuie les bottes. Et puis, je n'aimais pas vraiment son travail. Au mieux, il me laissait froid. Trop extravagant. Trop plein de cette couleur usinée, lumineuse à vous péter les pupilles. Je le lui ai déjà dit un soir où je le croyais assez soûl pour accepter l'adversité, et on s'est retrouvé en pleine guerre. Mais comme les vernissages sont le moment idéal pour ne rien voir des œuvres, je ne cours aucun risque.

Coup de fil.

C'est Bédard, avec plus de vigueur que d'habitude dans la voix. Il m'implore de ne rien dire de nos projets.

— Surtout pas à Latour qui est assez chien pour te couper l'herbe sous le pied.

Ce milieu-là, il le connaît mieux que moi et je lui promets que je saurai tenir ma langue. Je l'invite à m'accompagner. Impossible, une vieille histoire de cul avec le type de la galerie. Comme je connais Bédard, j'imagine aisément les aboutissants de cette histoire et je n'insiste pas. Quant à Dolo, elle ne peut pas m'accompagner mais promet de faire l'impossible pour me rejoindre à la galerie.

❏

Avant d'entrer, j'éteins ma cigarette puisqu'il est interdit de fumer dans la galerie de M. Latour.

Je trouve amusant de revoir toutes ces têtes qu'à une certaine époque j'ai bien connues. Celles qui étaient belles jadis gardent encore certains attraits alors que les laides deviennent plus convaincantes. Le temps a fait sur toutes de drôles de ravages. Joues affaissées, lèvres plissées et yeux éteints. Ça s'anime dans tous les coins sans toutefois remuer beaucoup d'air.

Le jeune gars qui présente des verres de vin avec une certaine habileté n'arrive pas à faire plus de dix pas sans qu'on lui dévalise son plateau. Aussitôt rechargé, les gens le délestent avec une rage gourmande. J'attends depuis un moment, maudissant ces bras tendus qui interceptent le vin, me laissant sur une soif qui commence à me jouer sur les nerfs. J'ai beau me dire que je le rattraperai au détour, je finis par ne plus y croire. Avant de craquer, je m'avance vers le serveur et me retrouve nez à nez avec deux types que je suis bien forcé de reconnaître. D'anciens confrères d'université avec qui j'ai tâté de la politique. Eux, ils étaient membres d'un parti extrêmement gauche, alors que moi, je me contentais de gueuler.

Des trois, je suis le seul à porter des vêtements à peu près semblables à ceux qu'on portait à l'époque. Presto, je me dis qu'ils sont passés du côté de ceux dont ils prédisaient la fin. Je sais que ce n'est pas beau, ce genre de préjugé, mais ça aide à garder la tête hors de l'eau.

Trop heureux de me rencontrer pour se contenter de rapides salutations, ils entament une conversation que j'ai peur de ne pas pouvoir soutenir. Le passé va surgir, s'agripper à moi, m'entraîner sur la pente des souvenirs ringards sans me laisser la moindre chance de sauter hors du convoi. Le passé, comme s'il ne restait que ça. Maquillé par la bouche qui le narre. Toujours gonflé par une mémoire expansive. Le présent va passer un mauvais quart d'heure.

Après l'énumération de mémorables escapades, mes comparses jaspinent longtemps sur le dos large du milieu. Des ragots vulgaires. Joliment balancés mais toujours empreints de cette vulgarité dont sont capables ceux que l'histoire repousse sous le tapis. Ils en ont gros sur le cœur et ne se gênent pas pour tordre le cou de tout un chacun. Galeristes, critiques, artistes… Tripotages et coucheries… Il y a partout une petite merde à soulever et ils soulèvent avec enthousiasme.

Repus, ils s'inquiètent de mon sort.

— Et toi ?

— Bof…

Je leur dégaine quelques phrases assassines et ils prennent ça comme des grands.

— Ça fait une mèche qu'on a vu ton travail !

— ...

Même pas besoin de la tenir, ma langue se fige toute seule.

— T'as raison. C'est un milieu de merde, conclut le plus mesquin des deux.

Retour bavard sur la face de l'art contemporain. Je me dis que rien n'a vraiment changé et qu'on crève dans la peau où on est né. Elle s'étire, se plisse, se ternit, mais elle garde son essence.

Je lorgne souvent l'entrée. Je me sens inquiet à l'idée de voir surgir Dolo. Ça me rend anxieux de penser qu'elle peut se heurter à une époque révolue. Je ne l'imagine pas au milieu de cette faune dégriffée, édentée, avec une colère évanouie qui sombre dans un sarcasme affligeant. Toute cette brochette de quadragénaires aux hanches épaissies et au verbe acide, qui étalent cette histoire qui est aussi la mienne. Cette histoire à laquelle je reste lié contre toute volonté de m'en extirper. Je négocie plutôt bien le temps qui me sépare de Dolo, mais là, si semblable à cette grisaille essoufflée...

Jumeau de l'usure qui s'imagine sur le dessus du pavé.

Partir.

Fuir.

M'envoler.

Me dissoudre.

Parodier le temps.

Grimer les années et me convaincre que c'est l'âge du cœur qui compte. Me répéter toutes les inepties que se répètent les moches en perte de vitesse. Ces incontinents de l'âme qui ne sentent plus le poids de leur propre fatigue tant ils s'accoutument à la dérive.

Alors, je m'éloigne en sourdine des pies malveillantes qui ont toujours une réputation à se mettre sous la dent. Je

distribue quelques sourires et poignées de main avec en
tête cette satanée sortie. J'y suis presque quand Lavallé
m'agrippe par la manche de mon manteau. Souriant, heureux, il tient un enfant par la main. Je pointe le doigt et dis :
    — C'est à toi ?
    — Oui. Sébastien-Alexandre, qu'il dit fièrement.
    — Les deux ?
    — Moi, je l'appelle Sébastien, et sa mère, Alexandre.
    Ce n'est pas de son fils qu'il veut m'entendre parler
mais de son œuvre. La dernière chose dont j'ai envie. Je
trouve quelques mots-clés, quelques liens historiques finement ficelés qui me paraissent convenables. Je brasse des
notions d'histoire et les jette comme on jette les dés en souhaitant que le sort soit de mon côté. Ça marche mais je sens
bien que ce n'est pas suffisant.
    — Dis-moi que c'est pas vrai ce que j'ai entendu ?
Paraît que tu fais des affaires avec Hervé Bédard ? Attention, qu'il me dit sur le ton de la confidence, il n'a pas très
bonne réputation, à ce qu'y paraît.
    Il t'encule, Bédard, je me dis. Il t'encule et tu ne sais pas
ce qui t'attend, après. Paraît que des fois, ça fait mal jusqu'aux os.
    Je lui lance mon sourire du lundi matin. Celui qu'on se
fait dans la glace quand on entrevoit toute une longue
semaine à traverser.
    Je me tais.
    Je sors.

Après un bref coup d'œil sur ce qui traîne au fond de mes poches, j'annonce à Dolo que je peux lui payer un repas dans un restaurant de son choix pourvu que ce ne soit pas un truc de riches. Elle roule les yeux avant de les fixer au plafond et finit par sortir une bonne dizaine de noms de restos. Cuisine indienne ? italienne ? française ? Je propose un restaurant thaïlandais qui la fait grimacer.

Finalement elle arrête son choix sur une paella formidable qu'on sert à quelques enjambées de la maison.

❏

Faut patienter une bonne quinzaine de minutes dans l'entrée avant que le serveur nous désigne une table que je trouve trop près des autres.

Aussitôt assis, j'entends une femme qui dit : « Bonjour Isabelle ! » en direction de Dolo, qui ne se formalise de rien et entame la conversation.

Encore une fois, je m'étonne de voir la finesse avec laquelle Dolo s'installe dans le monde qui s'offre à elle. Elle peut aisément coiffer le chapeau qui se présente et, toujours, il lui va comme un gant.

— Comment vont les éphémomachins ? demande la dame.

— Héphéméroptères, tranche Dolo. J'ai coupé un peu avec l'entomologie. C'est un monde tellement minuscule qu'on finit par perdre la tête ou bien par se prendre pour Dieu.

Pour m'être intéressé au montage de mouches artificielles à une certaine époque, je sais que ces deux-là discutent de bestioles qui sont fort appréciées des truites. Je sais les imiter et je sais aussi que, finement montée sur un hameçon numéro vingt, une Adams correctement balancée au bout d'une soie peut arriver à séduire n'importe quelle truite digne de ce nom. Bref, je sais plein de choses sur ces insectes mais rien à consonance scientifique. Pas de Baetis ni de paracerque... Rien d'autre que le fruit de l'effort. Une truite que souvent on se fait sacrément chier à leurrer et qu'on arrose vaillamment.

Après un petit moment, Dolo se décide à nous présenter et, pour la première fois, elle utilise mon vrai nom en spécifiant que je suis peintre. La dame s'appelle Lucette Lavoie et me dit que mon nom ne lui est pas inconnu. Elle collectionne les tableaux mais je reste convaincu que mon nom lui est totalement étranger. Elle a beaucoup de charme mais j'ai la tête toute pleine d'Isabelle et de ses insectes.

Je ne sais même pas qui a été baisé par qui. C'est moi qui me suis fait avoir par Dolo ou bien c'est Lucette Lavoie qui a subi les entourloupettes d'Isabelle. Ou alors, c'est peut-être les deux. Dolo n'est peut-être qu'un éphémère.

Lucette Lavoie m'interroge sur mon travail et je m'efforce d'être plus loquace qu'à l'habitude. Ce n'est pas que j'aime particulièrement les collectionneurs mais je n'ai pas vraiment les moyens de cracher sur l'argent par les temps qui courent. Je n'ai jamais vraiment nagé dans le fric, mais là, je sens que je risque de patauger dans la vase pour un bon moment.

J'ai peur de grossir un peu trop mes exploits mais ça semble marcher puisqu'elle n'arrête pas de lever bien haut les sourcils et de renchérir avec une autre question. De mémoire, je lui détaille mon curriculum vitæ en omettant quelques passages d'un goût qui risque de gâter la sauce.

Elle pose des questions.

Je réponds.

Elle demande des précisions. Je lui en fournis sans défaillir.

Je me sens honnête.

Je me sens bon.

Je me sens capable de vendre un tire-pois à un G.I.

Et je conclus la présentation par ce truc à l'automne chez Lartigue Art Contemporain, en craignant que ses sourcils ne s'envolent.

Lucette Lavoie termine un café qui doit être chaud comme un matin d'hiver et sort de son sac sa carte d'affaires en me disant qu'elle veut absolument voir mon travail.

— Sans faute, que je lui dis. Ça me fera plaisir de vous montrer tout ça.

Elle se lève, me tend la main, fait la bise à Dolo en disant :

— Au plaisir de te revoir, Isabelle.

Une fois Lucette Lavoie sortie du décor, j'interroge Dolo sur cette Isabelle et elle me convainc que c'est très compliqué et qu'un de ces jours elle va m'expliquer.

P as envie d'aller à cette soirée que donne Bédard. J'ai, me semble-t-il, dix mille choses à faire et Dolo met beaucoup d'insistance à me rappeler que je tourne en rond depuis des semaines et que ce que j'ai tant à faire peut bien attendre une douzaine d'heures. Je connais le genre de soupers qu'organise Bédard. Toujours pleins de gens dont je dois faire la connaissance et qui ne me disent jamais rien. En plus des tableaux, Bédard collectionne les amis et il se croit obligé d'en faire étalage.

— Kim va être là, me lance Dolo pour m'apaiser.

Je vois bien qu'il est inutile de lui expliquer qu'on va se faire chier. Qu'avec Bédard il y a toujours moyen de s'organiser mais là, avec les autres, et dans ce contexte... Quand Dolo fouille dans ses vêtements avec anxiété, ce n'est pas le moment de se lancer dans ce genre de détails. Mais moi, je sais que ce Bédard-là, c'est celui des grandes soirées. Celui qu'on n'est pas toujours content de connaître. Histoire de peaufiner ses relations. Histoire de paraître à son mieux. Histoire de ne pas faire d'histoires. Il en met plein la vue et ça impressionne les convives.

Il appelle ça soigner ses relations.

— T'as le vin ?

Me reste plus qu'un cabernet venu du Chili.

— On va pas apporter ça ! ?

Un cabernet sauvignon assez honnête pour le prix et que je considère pas mal si on n'est pas trop exigeant sur la robe.

— Mais le merlot ? Où il est, le merlot ?

Même qu'un peu refroidi, je le trouve comparable à certains vins français avec le prix en moins.

— T'as bu le merlot?

— Quelques verres tout au plus, je finis par avouer.

Dolo met un long moment à m'expliquer comment et à quel point je suis un imbécile qui se fout de tout. Comment, si je m'occupais un peu des choses simples, je rendrais la vie supportable à ceux qui m'entourent. Qu'il fallait toujours que je me fasse remarquer, quitte à me mettre les pieds dans les plats. Je veux lui expliquer que ce n'est pas grave. Qu'il y aura tellement de monde chez Bédard qu'on n'aura qu'à foutre notre bouteille parmi les autres. Que pour ces gens-là, ce qui compte ce n'est ni le nez ni la robe, mais la conversation qu'on s'efforce de tenir sans passer pour un con.

C'est un peu long à expliquer et je n'ai plus qu'une envie, c'est d'expédier Dolo chez le diable où c'est encore plus chaud que sous sa calotte. Comme elle surgit hors de la douche nue comme un érable en plein hiver, je préfère la garder pour moi et je ferme ma gueule.

J'aimerais lui expliquer aussi qu'elle est belle et soyeuse comme un ocelot et que, des fois, elle me fait peur. Et puis, je n'ai qu'à regarder Curseur pour qu'il balance la queue. Preuve que c'est faux que je ne pense qu'à moi.

Elle me lance encore quelques bêtises dont une plus méchante que les autres, et on est prêts à partir.

❏

Un inconnu nous ouvre la porte sans la moindre trace d'un sourire et nous fait signe d'entrer. C'est Dolo la plus surprise des deux. Une vingtaine de personnes et une grande table qui occupe le centre de la pièce. Je reconnais quelques silhouettes. De quoi me décaper l'âme. Je vois

Bédard faire la tête heureuse devant quelques personnes qui le prennent au sérieux. Il s'approche de nous et saisit Dolo par le bras avant de parader.

— Comme t'es belle, Dolo.

Ils s'en vont tous les deux et elle enfile son bras sous le sien. Bédard se lance dans les présentations d'usage. C'est vrai qu'elle est belle comme un ocelot et je suis heureux de voir que je ne suis pas le seul à qui elle fait peur.

Je m'installe dans un fauteuil qui vient de se libérer pour examiner tout le mal que se donne Bédard quand il tente d'atteindre la perfection. L'éclairage produit un reflet ocre qui flatte les objets pour nous plonger dans le clair-obscur et nous donner l'impression d'être le sujet que Rembrandt a oublié.

Je cherche Kim sans aller jusqu'à demander si quelqu'un l'a vue. Comme ce n'est pas dans ses habitudes de lever le nez sur ce genre de soirée, je m'explique mal son absence et ça me rend nerveux.

Des fois, je crains Kim comme d'autres craignent la mort.

J'accepte une bière qu'un type me tend. Il est peintre et nous devrions subito devenir amis. Je ne l'interroge pas et j'évite de répondre à ses questions. Je le soupçonne d'avoir dans son portefeuille des photos de ses œuvres avec à l'endos le titre, l'année et le médium utilisé. Je lui fais le truc du gars qui ouvre une bière en se servant de ses dents comme ouvre-bouteille. Il me trouve con et j'en suis débarrassé.

Je regarde tous les gars présents et je me demande si celui qui a refilé le poison à Bédard ne serait pas parmi eux. Tant qu'à avoir ce genre de pensées je décide de mettre ça sur le dos d'un grand gars qui a une mèche colorée. Ça me donne envie de lui casser la gueule et je me dis que Kim serait fière de moi. Je ne m'attaquerais sûrement pas à Lulu.

Sans doute le plus infecté de tous, mais gentil comme un chat oublié au fond d'une ruelle. Si jamais c'était lui, il serait capable de s'excuser et de fondre en larmes.

Je lui expédie mon plus beau sourire et il s'amène avec l'air d'une Mona Lisa que l'acide aurait détraquée.

— Bonjour Lucien, je lui dis en attrapant la main qu'il me présente.

Il m'explique qu'il va bien mais que la vie n'est pas facile pour lui par les temps qui courent.

Je ne vais pas me lancer sur les aléas de l'existence et je me contente de lever les sourcils pour lui exprimer à quel point je suis solidaire de tous ceux que la vie bouscule.

Il se tait et je ne sais plus comment le relancer.

Je n'ai qu'à dire: «Alors, la peinture?» Et j'en ai pour des heures à l'entendre dans ses géniales hésitations sur la qualité de l'œuvre comme «visibilité totale qui transforme jusqu'au corps de celui qui tente l'aventure de s'en approcher et qui risque de révéler ce qui se voit en lui».

Sujet que j'évite.

Je pourrais toujours l'entraîner à parler des voyages qu'il projette, mais ça aussi j'aime mieux éviter.

— C'est ta blonde? qu'il me demande en désignant Dolo.

— Oui. Mais c'est surtout un reflet de mon inconscience.

Je suis le seul à rire.

Le fait est que je trouve ça difficile avec Dolo depuis quelque temps. Elle me dit qu'elle ne s'ennuie pas mais je sens bien qu'elle s'emmerde souvent. Elle m'engueule pour des riens et, quand je tente de faire mieux, j'empire mon cas. Et je n'ai personne à qui en parler et ce n'est pas Lucien qui va me tirer les vers du nez.

Deux gars s'avancent vers nous avec de la poudre et des potins que je refuse l'un comme l'autre. Ils se présentent.

Je serre la main du premier et je me contente de sourire à l'autre. Je connais ces gars-là. On s'est vus quelque part mais j'oublie complètement où et j'ai horreur de ce genre d'oubli. Peut-être les ai-je férocement fait chier ou ai-je été aimable comme un chaton. C'est souvent ce qui arrive quand on ne retient rien de ses humeurs. Impossible de savoir si tel jour à telle heure on a été bien ou moche. C'est dans la tête des autres que ce genre de souvenirs s'ancrent.

Je ne sais plus où jeter mes capsules de bière, alors je les mets dans ma poche.

Aidé de supporters, Bédard s'avance avec des plats où s'amoncellent des hors-d'œuvre qu'il commente devant les invités. Fait chier des fois, Bédard. Des trucs pas plus grands qu'une pièce de monnaie et devant lesquels il s'en trouve pour s'exclamer. Ce qui m'embête, c'est que Dolo s'amuse de tout ça.

J'enfile quelques bonbons en forme d'étoile et je m'en vais du côté de la cuisine où s'entassent des homards qui ne savent pas qu'ils seront bientôt en eau trouble. Tout est beau chez Bédard. Je passe mon doigt sur les meubles. Il n'y a pas un grain de poussière et je me demande comment il fait. Il s'amène accompagné d'une fille habillée comme un électricien. La fille complimente Bédard pour sa «belle collection de tableaux» et j'accuse une légère palpitation à l'idée qu'elle veuille en voir plus.

— T'es là, me dit Bédard. J'aimerais que tu m'aides à faire cuire les homards.

Je ne sais pas comment le dire mais ça m'eff·aie un peu, cette façon de tuer les animaux. C'est comme une guerre où on garde toujours les mains propres quel que soit le nombre de cadavres.

— Je te présente Marcelle. Tu sais qu'elle connaît ton travail ?

Elle enclenche :

— C'était à Québec. Il y a de ça une dizaine d'années, il me semble. Des toiles découpées en forme de chaise (c'étaient des fauteuils). L'objet qui ressort de la matière (l'objet tranché à même la matière)... et on se retrouve devant une chaise (un tableau qui utilise certains codes de la représentation pour accentuer son rapport aux modes de présentation) avec des couleurs... (minimales et utilitaires) C'était... (une idée qui m'était venue comme ça un soir où je me disais que le tableau n'est visible que dans la mesure où il y a un mur pour le supporter et une lumière pour l'en détacher)... intéressant (bien sûr).

— Excuse-moi, Marcelle, mais j'ai des animaux à assassiner.

C'est finalement Bédard qui se rend coupable de la tuerie alors que je me contente de faire passer les bêtes du bassin à sa main sans même regarder ce qu'il en fait.

— Kim n'est pas encore arrivée ? je lui demande.

— Elle est malade, qu'il me fait en ponctuant sa réponse d'un clin d'œil.

Bédard et moi dans une soirée, et Kim qui est trop malade pour s'y trouver ? Ou bien elle se trouve à deux doigts de la mort, ou bien il y a vraiment quelque chose qui la tue à petit feu.

— T'as pas insisté ?

Bien sûr que Bédard a insisté et je suis sûr qu'il est allé jusqu'à la menace et jusqu'au chantage. Subtil mais constant, Bédard, quand il s'agit d'arriver à ses fins. Comme je le connais, il y est allé à fond de train et Kim a tenu tête.

Je l'entends expliquer à Marcelle qu'il faut plonger le homard tête première et qu'ainsi on est assuré qu'il ne souffre pas. Comme l'oiseau qui a du plomb dans l'aile ? L'orignal qui a une flèche dans le flanc ?

Le poisson qui a la gueule traversée par l'hameçon.

L'enfant qu'on corrige pour son bien.
Le taureau de la corrida.
L'araignée qu'on écrase.
L'Asie qu'on piétine.
Le condamné qu'on exécute.
Le loup qu'on chasse.
— Quand il s'agit d'excuser un massacre, on trouve toujours l'explication qui convient.
— T'exagères, me dit Bédard un peu vexé.
Évidemment que j'exagère, mais c'est dans ces moments-là que je me sens à mon meilleur. Je les laisse à leur besogne pour aller retrouver Dolo. Ça fait un moment que je l'ai vue et je ne l'aperçois nulle part. Je fouille tous les coins sombres et elle reste invisible. Je ne peux pas dire que ça m'inquiète vraiment mais quand même...

Je me laisse avaler par un fauteuil de style, je m'invente des fictions avec des amis tout neufs et des femmes attentives. Une drôle d'inquiétude me tord les boyaux quand je pense à Kim. Ce n'est pas normal qu'elle soit absente et c'est ça qui m'agace. Ce n'est pas normal qu'elle donne son temps à Bédard qui s'amuse à tuer des homards. Ce n'est pas normal que je me tracasse avec ça, alors je balaie le tout sous le tapis de ma conscience où il commence à y en avoir épais.

On est là pour s'amuser, je me dis.

J'entends soudain le rire bruyant de Dolo qui se trouve au milieu d'un petit groupe. Dieu qu'elle sait s'amuser! Je l'envie presque de savoir s'adapter avec une telle aisance. C'est comme si toute la mollesse du monde venait se mouler à elle.

Un gars s'excite et lui dit:
— Ouais, mais ça devait pas être facile en Égypte?
C'est pour ça que tout baigne toujours dans l'huile.
Elle ment.

Elle invente les trucs que les gens veulent entendre. Sans effort, comme ça, elle peut prétendre n'importe quoi et il y a toujours quelques dupes pour se gaver de ses histoires.

De ma place je vois toute une collection de bouteilles qui attendent comme des stèles tranquilles. Je m'éblouis de l'osmose qui s'opère sur un rien. Tous ces gens qui se connaissaient à peine et qui tout à coup se ressemblent comme des frères. Je ne me sens déjà plus de la fête. Banni de toutes parts. Sans défense. Exposé à ma perte. Piraté par la prouesse des pique-assiettes du prêt-à-penser.

Seul.

Je suis soûl et ça me fait du bien.

Les formes floues de ces carcasses justifient mon ivresse. Je pense au scandale de la vomissure que je pourrais répandre, là, sur le tapis de Perse de Bédard, et je comprends combien il est facile de devenir un sale type. Je ne vois pas Dolo mais son rire me parvient toujours. Porté par l'air comme une vague qui submerge. Un beau rire franc. Un raz-de-marée par lequel il est facile d'être emporté.

Je suis sûrement le plus soûl des convives et ça me donne envie de réclamer la médaille d'or.

Je suis à deux pas de la porte du cagibi où Bédard entrepose une partie de sa collection. Ça aussi, ça ne serait pas mal comme scandale. Ça me fait sourire de penser qu'un McEwen dort, tranquille, au beau milieu de mes croûtes.

Une musique d'une Asie patentée s'évapore dans l'air et s'accommode mal du babillage assourdissant.

— Prends ça, mon vieux, j'entends sur ma gauche.

Un jeune gars me tend un cadre vitré portant à sa surface une mince nervure blanche. Sous le verre, la gravure de Riopelle où la ligne de poudre jette de l'ombre.

— Ce geste-là, je lui dis, c'est la seule chose humaine qui me soit arrivée ce soir.

J'ai horreur de ces choses-là mais, dans l'état où je me trouve, plus rien ne peut m'abîmer. Je remercie gentiment le gars avant de prendre congé.

Ragaillardi, je me lève et me dirige vers l'endroit où se trouve Dolo. Au passage, j'entends un gars qui est en train de dégueuler sur Picasso et je trouve que ce n'est pas gentil de prendre ce bonhomme avec une telle indifférence.

— ... il en a tellement fait que c'est comme s'il n'avait jamais rien fait. Sur le plan strictement formel, il est pour ainsi dire inexistant.

Je cherche très fort une merde à lâcher qui puisse le ramener sur le plancher des vaches. Un truc pour l'ébranler un peu, le faire basculer. Ou, qui sait, un truc qui pourrait même le tuer.

— ... non mais, ce que je veux dire, c'est que Picasso ne sera jamais une référence formelle.

Je desserre les dents et je dis:

— Excuse-moi, mon brave, est-ce que tu crois à la réincarnation?

— Non...

— Heureusement, moi non plus. Je dis ça parce que, si j'y avais cru et si tout à coup je m'étais pris pour la réincarnation de Picasso, et ben je crois bien que je t'aurais cassé la gueule.

C'est bizarre de voir comment les gens ne savent pas réagir devant un gars qui divague. On tente de lui répondre par un truc intelligent, on l'envoie chier ou alors, en désespoir de cause, on lève les poings et on règle ça vite fait. Lui, rien, sinon une petite rougeur de premier de classe qui lui teinte les joues.

Ça s'est vite répandu pour finalement tomber dans l'oreille de Dolo, qui ne me trouve pas drôle. Elle me tire par le bras pour m'emmener dans un coin retiré où je sais déjà qu'il ne se passera rien de suave.

Elle me chasse.

— Va-t'en.

Elle attaque.

— T'es juste un ostie de con qui s'amuse à tout gâcher sans penser que ça peut déranger les autres. Parce que les autres, tu t'en fous.

Elle insiste.

— T'as pas compris? Je t'ai dit de décrisser. J'ai plus envie de te voir dans le coin.

Elle me blesse.

— Un gars comme toi, personne n'a besoin de ça. T'es bon rien qu'à foutre le bordel partout où tu mets les pieds.

Elle m'achève.

— Je te déteste.

Je pars sans dire bonsoir à personne sauf à Bédard qui a déjà compris que cela vaut mieux ainsi.

❏

Dehors, l'hiver en a profité pour enneiger sérieusement la ville. J'en ai jusqu'aux chevilles mais je prends ça du bon côté. C'est comme un écran épais qui se moule à tout ce qu'il enfouit, et ça donne des rondeurs. J'ai la démarche lourde et je mets ça sur le compte de la neige qui colle à mes bottes. Une fois à ma voiture, je me dégage un coin de pare-brise et j'attends que le dégivreur fasse le reste. Je commence la manœuvre avance-recule-avance jusqu'à ce que je me sorte du créneau et je suis fier de ma vieille bagnole qui ne me déçoit jamais.

❏

Un fantôme s'empare du volant et me mène jusque devant chez Kim. Un fantôme qui me demande d'aller

tâter le pouls de ses humeurs et qui tantôt me dira de
prendre soin de cette femme-là parce qu'elle est vraiment
trop bien pour être seule un soir où la neige enterre tout.

Du pied, je pousse la neige sur le balcon pour ensuite
soulever la carpette devant la porte. Je prends la clé qui se
trouve là depuis toujours. Un «okazou», comme dit Kim.
Pas un bruit. Pas un geste. Pas rien. Ici, c'est enfin la nuit
totale.

Kim dort dans son lit. Elle est comme morte de cette
mort qui draine l'ennui. Je caresse un peu son chat qui
vient se frôler à mes bottes humides. Je me déshabille et me
glisse sous les couvertures en prenant mille précautions
pour ne pas la déranger. Elle bouge un peu en grognant et
j'en profite pour lui souffler à l'oreille :

— Demain, c'est moi qui prépare le café.

Rares sont les jours où je passe presque deux heures dans un parc à regarder Curseur s'épuiser en compagnie d'autres chiens. Généralement, je n'aime pas trop la présence des autres maîtres, mais ceux-là sont gentils et le temps est doux. J'aime passer de longs moments à observer les capacités physiques de Curseur, confrontées à celles des athlètes poilus qui lui servent d'équipiers. Bien qu'un peu plus gras que la moyenne, il tient le coup. Tous, ils s'enfoncent le museau dans une neige folle à la recherche de trucs invisibles et, sur un signal connu d'eux seuls, ils courent jusqu'à l'autre bout du parc pour ensuite revenir se cracher les poumons sur une neige immaculée. Curseur vient souvent me flairer les mains et retourne avec ses copains.

Je suis bien en laisse.

Un type s'arrête pour me demander du feu. Pendant que je fouille toutes mes poches, il dépose deux sacs remplis de livres qu'il va vendre chez des libraires de la rue Mont-Royal. Je demande si je peux y jeter un coup d'œil. Il y a beaucoup de merde mais il y a aussi un bijou. Je découvre au fond du deuxième sac un livre qui me fait sourire.

— Celui-là, je te l'achète.

Un petit livre à la couverture brune avec un titre écrit en jaune : *Peinture et politique*. L'auteur : Patrick D'Elme. Aux éditions Repères.

Presque neuf.

— Combien ?

— Je te le donne. Ça vaut même pas la flamme qui vient de sortir de ton briquet.

Je me sens incapable de le remercier tant sa sévérité bafoue mon souvenir. Je me retourne et m'en vais voir si Curseur respire toujours. Il se fait un peu tirer l'oreille tellement il y a de trésors enfouis sous la neige mais je sais me faire comprendre et il finit par me suivre.

Vingt ans plus tôt, Bédard, voulant mettre un peu de plomb dans mes idées, m'avait dit : « Lis ça. »

Et moi, j'avais lu ça.

Et moi, j'y ai trouvé une mine d'or.

Et moi, j'ai perdu le livre.

J'ai fait dix mille fois le tour de la ville pour en acheter un autre exemplaire mais je revenais bredouille de chaque tournée et, pendant dix ans, Bédard n'a pas manqué une seule occasion de remettre mon égarement sur le tapis. Toutes nos connaissances communes étaient avisées de mon mépris pour les livres. Il ne m'en a plus jamais prêté. Alors, je passais par Kim qui lui empruntait un livre pour ensuite me le refiler. Je pense qu'il s'en est toujours douté mais, comme il ne peut rien refuser à Kim, il se trouvait un peu coincé et, Dieu merci, je ne crèverai pas complètement con.

❏

Quand j'entre, le soleil envahit tout et va même jusqu'à se promener sur la couverture qui enveloppe Dolo.

Je me tiens debout au pied du lit avec le livre de Patrick D'Elme dans la main pendant qu'elle ouvre l'œil. Doit y avoir un air absurde dans mon sourire, parce que sa façon de me regarder n'a rien d'amical. Je passe en revue la soirée de la veille pour mettre le doigt sur les bêtises qui m'ont échappé. Pas plus de grossièretés que d'habitude… Pas bu plus que les autres soirs… Me suis pas endormi en faisant l'amour… Rien ne me vient à l'esprit et je commence à penser que cette gueule-là m'est peut-être décernée pour l'ensemble de mon œuvre.

Innocemment, je fronce les sourcils.

— J'en ai assez de me faire examiner le cul quand je me lève le matin, qu'elle me lance.

C'est vrai que je ne rate jamais une occasion mais il me semble qu'il y a des façons plus polies de dire les choses.

Je regarde tout autour de moi pour m'assurer que cette merde-là s'adresse bien à moi et je tourne mon regard du côté de l'orage qui s'annonce. Dolo se débarrasse de ses couvertures en disant :

— C'est ça que tu veux ?

J'ai sous les yeux une Dolo complètement nue et, pour la première fois depuis que je la connais, ça n'a rien d'érotique.

— Y a pas de mur, ici.

— Évidemment, je dis. C'est un atelier, et dans un atelier, y a pas de mur.

— J'en ai assez d'avoir le cul comme un écran de cinéma. On dirait que t'attends que je me lève pour te rincer l'œil.

La nuit, on n'en rate pas une.

On se pétrit, on se lèche, on se bouffe avec un appétit d'ogre et il n'y a pas un pli de cette chair qui m'échappe. Je peux lui préciser l'emplacement de tel ou tel grain de beauté sans oublier cette petite tache rosée qu'elle a sur le haut de la cuisse droite et qui ressemble à une tête de canard.

Le cœur chancelant, j'ai envie de m'excuser avant de retraiter devant l'absurdité de cette pudeur de plouc. Je refuse d'aller plus loin sur cette pente où l'un de nous deux va forcément se casser la gueule. J'arpente tous les recoins de ma tête avant de foutre le camp en souhaitant bonne chance à Curseur qui s'endort.

❑

Je me rends chez Bédard à pied dans l'espoir de m'aérer l'esprit. Je regarde le ciel. Je regarde les vitrines. Je regarde les filles emmitouflées et ça me fait du bien. À la météo, on a parlé d'un sérieux refroidissement pour la fin de soirée mais, à regarder les autres, il semble bien que le temps s'est refroidi avec un peu d'avance. Moi, je ne sens rien tellement ça bout sous mon crâne.

❑

Devant chez Bédard, je remarque que son building est beaucoup mieux entretenu que celui où j'habite et je me dis que j'en glisserai un mot au propriétaire, qui se contente d'empocher sans jamais rien donner en retour. Ici, l'ascenseur est propre et fonctionne comme un neuf. Aucun graffiti sur les murs. Aucun papier sur le sol et la lumière des corridors est intelligemment dosée. Avant de frapper à la porte de Bédard, je décide que je retiendrai mon prochain loyer.

Sans fard, sans lustre, sans rien. Même le cheveu a pris un mauvais pli. Je le surprends tout en étant le plus surpris des deux. Bédard dans toute sa maladie. Avec cent dix ans sur le dos, il m'invite à entrer et paraît tout de même heureux de mon arrivée éclair. Il n'est pas à sa place dans son décor si parfait. Tout est en ordre, tout est luisant et propre. Même le plancher où on peut se mirer me rend mal à l'aise tant il écrase mon ami.

Je garde le livre de Patrick D'Elme au fond de ma poche. J'avais imaginé faire une blague en lui remettant *Peinture et politique*. Mais ici, tout tombe à plat. Ici, tous les souvenirs sont minces et on se tient le cœur à deux mains pour qu'il ne vole pas en éclats.

Ici, on dit des mots qui chuchotent l'avenir pour faire taire la mort qui crie.

Ici, on parle en trompe-l'œil, avec des ombres, de la lumière et de la profondeur.

Ici, on ment parce que la vie, des fois, c'est moche.

— Ça y est, Bédard, j'ai trouvé, je lui annonce. Je sais pas encore exactement quelle forme ça va prendre mais je sais ce que je veux faire. J'ai déjà le premier tableau en tête. Les autres, ils vont venir tout seuls.

Je donnerais trois Picasso et deux Matisse rien que pour une seule photo du sourire qu'il me lance à ce moment-là. Il lève le poing, pouce en l'air, et me dit qu'il n'avait jamais douté que j'y arriverais. On met quelques petites choses au point et on se dit qu'à partir de maintenant, faut sérieusement se mettre au travail. Il me propose un verre de vin que je refuse parce que je devrai me le servir moi-même, que je suis fatigué et qu'il est grand temps que je prenne l'air.

❑

Pour rentrer, je me paie un taxi.

Le ciel est couvert.

Les vitrines sont toutes les mêmes et, pour affronter le froid, les filles s'emmitouflent davantage.

Curseur ronfle comme un bébé. Dans l'atelier il fait un froid de canard, et Dolo est absente. Je réveille Curseur, je joue avec le thermostat et, pour Dolo, je n'y peux rien.

Pour briser le silence, je mets une symphonie de Joseph Haydn et je me désole de constater que même cette musique-là ne parvient pas à se frayer un chemin jusque dans ma tête. Par le passé, Haydn arrivait à bon port mieux que Mozart, Beethoven ou Schubert. Je me gardais cette musique pour les grands soirs, ceux où on n'est pas sûr de tenir jusqu'au matin.

Là, rien.

Il y a le vent qui siffle et se faufile par les fentes de mes fenêtres et cela renforce ma décision de retenir mon loyer.

Ce vent.

L'absence de Dolo.

Et ce mensonge à propos d'une idée de tableaux.

Ça fait beaucoup pour un gars qui ne sait même plus apprécier Haydn. Comme je ne peux rien à rien, je me mets à espérer le retour de Dolo. Puis je décide de partir à sa recherche en espérant que la vieille bagnole me fera le cadeau de snober le froid. Curseur ne lève même pas la tête pour me dire au revoir. Il y a décidément des jours où il vaut mieux ne pas trop s'éloigner de sa couche.

Je suis content de constater que la Honda se moque du temps et je file dans un bar où je suis allé quelques fois avec Dolo. Un espace pas très grand mais suffisamment pour contenir une table de billard avec tout autour des gars, des filles et tout l'émoi que ça implique. Du premier coup d'œil je vois que Dolo n'est pas là mais je prends quand même un verre de vin et je scrute les coins sombres. La musique me secoue les tripes. Un rythme d'enfer capable de fendre une planète. Personne ne bouge et, si ça tape du pied, c'est plus par réflexe que par conviction. Des hommes de cuir, des filles portant des maquillages qui ressemblent à la mort... Des gueules toutes semblables. Jumelles. Issues du même trou où la fureur et la tristesse jouent du coude. Ce monde-là, ce n'est pas le mien. Même en faisant semblant très fort, il y aura toujours ce barbelé invisible qui viendra me griffer la peau.

Je reconnais une fille avec qui Dolo a parlé un soir. Je m'approche d'elle en lui expliquant qui je suis. Sûrement qu'elle pense que je la drague, et je m'en fous. Je lui demande si elle a vu Dolo et elle me fait signe que non. Je la crois sans difficulté parce que, bourrée comme elle l'est, mentir est un effort impensable.

Dehors, les chiens se cassent les os tellement il fait froid. Je marche longtemps boulevard Saint-Laurent en me disant qu'elle ne doit pas être bien loin. Bars, restaurants, cafés... Partout des corps et jamais le sien. Le nez bien haut, je promène mon regard sur le ciel. Même si je sais que les villes chassent les étoiles, j'aimerais bien en voir juste une. Je retourne à la Honda en m'interrogeant sur le sens de tout ça. Je démarre le moteur, m'allume un joint et me fais du cinéma avec un happy end et une Dolo souriante qui surgit de l'autre côté du pare-brise qui se dégivre un peu comme un rideau qui se lève. Manque plus qu'une musique vienne éclore sur la banquette arrière et que tous mes souvenirs convergent vers cette femme humectée, déjà pleine de cette fièvre qui me chauffe l'esprit. Cette femme comme une tresse d'ivoire, comme un bordel migrant, comme un plaisir en cavale...

❏

Par contraste avec le grand froid, il fait presque trop chaud dans l'atelier, même que ça réveille Curseur, qui vient s'affaler à mes pieds. De ma fenêtre, je quadrille le sud-est de la ville pour ensuite garnir chaque case de noms, de dates ou d'événements vrais ou patentés au gré de mon humeur. Bien sûr, je ne pleure pas, mais tout ce poids commence à me faire plier les genoux.

Je cherche très fort dans ma tête une façon d'alléger le temps qu'il y fait. Je suis à deux doigts d'y arriver quand une clé s'insinue dans la serrure et que j'entends la porte qui s'ouvre.

Fait noir dans l'atelier.

Encore plus noir que la nuit du dehors et ça donne à l'extrémité de la pièce des allures de bout du monde.

Dolo.

Bise ?

Blizzard ?

— Excuse-moi, mon Bruegel, me lance la voix du bout du monde. J'ai les nerfs en boule, mais là, ça va.

— Peut-être que je peux construire un paravent, je réponds. Comme ça, avec un paravent...

On ne s'est pas étendus très longtemps sur le sujet.

— Tu veux manger quelque chose ? je demande.

Comme des corbeaux qui se pètent la gueule au sol, un premier, puis un deuxième vêtement viennent atterrir dans le trapèze de lune. Après la chute de deux ou trois autres corbeaux, je m'avance lentement. L'idée de ce qui va se passer fait battre mon cœur jusqu'au bout de mes doigts. Dans le trapèze j'aperçois les formes molles et la vue d'un slip me remplit de bonheur. Comme quand on passe d'un monde à un autre, je méprise tout ce qui se trouve dans mon dos pour m'enfoncer dans l'ombre où ça chuchote des trucs doux comme du molleton.

Dans ma tête s'installe comme un désert zen chaque fois qu'on tente de se mettre le nez là où il ne faut pas. Ça me fait un bien énorme que Dolo s'amuse dans mes parages. Je le dis et je ne me prive pas de le répéter.

Kim me dit que ma façon de vivre frise l'indécence.

Elle me signale que je bois trop et que des fois mes mains tremblent.

J'aboie.

Que le vin n'est qu'une bouée et que je tire trop souvent sur mon joint.

J'aboie.

Qu'il y aura toujours vingt ans entre Dolo et moi.

J'aboie et, heureusement pour elle, il y a quelque chose qui me dit de ne jamais mordre.

— Si seulement tu te rendais compte que le monde continue de tourner.

Je ne lui dis pas que les hanches de Dolo sont le seul frisson que j'ai connu ces derniers temps.

Il n'y a heureusement aucun client aux tables voisines et je me convaincs qu'on ne mêle personne d'autre à nos déboires.

Ça fait un bon moment que Kim ne m'a pas parlé de Bédard et je vois bien qu'on n'échappe pas à son destin. Elle a raffiné sa méthode. Sans jamais mentionner son nom, elle fait pourtant allusion à lui dans chacun de ses reproches.

— Tu ne peins plus et tu laisses les autres s'occuper de tes affaires. Tu penses pas que tu devrais un peu t'en occuper toi-même ? Tu penses pas que t'es la personne la mieux placée pour le faire ?

Elle me lance tout ça sans la moindre colère dans le ton. Sans rien d'autre qu'une immense fatigue qui fait que ses yeux ressemblent aux fenêtres d'une cabane abandonnée. Je lève le bras pour me commander un verre de vin. Elle veut de la bière, alors qu'elle a trop bu et que sa voix tremble quand elle parle. L'expérience m'enseigne de ne pas le lui souligner et qu'il vaut encore mieux supporter sa dérive. On a depuis toujours un peu déconné comme ça, l'un envers l'autre, si bien qu'on se sent toujours plus ou moins en dette de quelques remontrances.

— Je devrais partir. Loin. Ça serait mieux. Mon amie Monique m'a offert d'aller habiter chez elle, à Kingston. Elle dit que je pourrais trouver du travail assez facilement, et ça me changerait de tout ça.

Les départs de Kim nous ont toujours fait rigoler. Au moindre tracas, elle parlait de ses valises. C'était l'Inde, l'Espagne, la Malaisie, l'Italie, et même l'Ouest canadien. C'était toujours le bout du monde et c'est sans doute pour ça que Kingston, c'est une autre histoire. Sans être à deux coups de volant, ça reste une destination possible. Un projet plausible qu'elle peut mettre à exécution en moins de deux, et je la sais assez cinglée pour aller s'y enterrer.

— Tu sais ce qui me retient ? C'est Hervé. Non, c'est toi. C'est ta façon de ne rien voir. Le temps file. Tu ne peins plus. C'est grave, ça… Ça fait plus de vingt ans qu'on se connaît et il n'y a plus rien de pareil. Avant, avec Hervé, on était une espèce de famille… Une espèce de meute qui ne craignait rien des hurlements d'aucun de ses membres. Et là, il y en a un qui va disparaître. Et toi, c'est comme si tu étais déjà disparu.

J'encaisse sans broncher.

Kim déraille et c'est pour ça que je ne dis rien. Pour ça, mais aussi parce que je suis un peu ébranlé de voir à quel point, quand il y en a un qui traîne de la patte vers sa mort, c'est tout l'édifice qui accuse la secousse.

Elle se commande une autre bière au moment où je remarque qu'un type la regarde comme un chien regarde une chienne, avec la bave en moins et des crocs de carton-pâte. Je connais Kim depuis des siècles et je sais que, dans son état, ou bien elle joue les croqueuses d'hommes, ou bien elle lui flanque une claque sur la gueule. Dans ces moments-là, rien n'est souhaitable.

— Tu penses pas que tu devrais laisser tomber cette dernière bière ?

Elle pousse la bouteille au centre de la table, se lève et dit :

— Est-ce que tu veux me ramener chez moi ?

Cette question-là, elle est absurde. Pour rien au monde je ne la laisserais partir dans cet état-là. Je l'aide à mettre son manteau en orientant correctement sa main dans l'ouverture de la manche. Elle s'accroche à mon bras pour corriger sa démarche mais handicape la mienne sans s'en rendre compte.

— Ça te fait de la peine, hein, toi aussi, pour Hervé...

— Ben sûr, ça me fait de la peine.

Pour ajouter aux tracas, il y a une mince couche de neige qui recouvre les trottoirs.

— Accroche-toi bien, Kim.

Sans être soûl, je ne me sens pas d'attaque pour la moindre acrobatie. On essaie de parcourir la distance qui nous sépare de l'auto et Kim se met à peser dix tonnes juste sur mon avant-bras. On avance du mieux qu'on peut jusqu'à ma voiture et ce n'est pas si mal finalement. Elle parle sans cesse mais c'est à elle-même et je me mêle de ce qui me regarde. Du pied, je pousse la neige qui se trouve sur le bord du trottoir et je demande à Kim de s'asseoir le temps que j'ouvre la porte de l'auto. Quand je viens l'aider à se relever, elle vomit et il y en a plein sur son manteau. Je façonne en vitesse une balle de neige et la passe sur son front et un peu sur sa bouche. Elle reprend un semblant de couleur mais je sais que c'est passager.

— Pendant que l'auto se réchauffe, nous on va prendre de l'air frais, je lui dis.

J'ai beau lui promener la balle de neige partout sur le visage, elle reprend aussitôt la couleur de la mort.

— Je pense, Kim, qu'il est temps que tu te reposes un peu. T'en fais beaucoup pour Bédard depuis un bout de temps. Maintenant, si tu veux bien, c'est moi qui te remplace. Avec moins de charme et d'attention, mais ce sera à ma façon.

— Tu veux venir dormir avec moi?

— Non, Kim. C'est pas possible.

Elle laisse encore s'échapper un peu de ce qui lui tord l'estomac et c'est le bas de mon pantalon qui écope.

— C'est parce que j'ai vomi que tu veux pas venir dormir avec moi?

— Même si tu chiais dans ton lit je t'accompagnerais où tu veux. Mais ce soir, c'est pas possible.

— Est-ce que c'est parce que je suis moche que j'ai pas d'homme dans ma vie?

— Non, Kim. C'est parce qu'aucun homme te mérite.

Ce n'est pas évident à dire dans les circonstances mais c'est ce que je pense vraiment.

Je téléphone chez un type. Il s'appelle Jean. Un gars sans doute tout plein de qualités mais dont le principal talent est de fabriquer des faux cadres pour presque rien. En plus, il tend lui-même la toile et fait la livraison. S'il me restait de la place pour ne serait-ce qu'un seul ami, je crois bien que c'est lui que je choisirais. L'ennui, c'est que la boîte de son camion ne peut contenir des toiles de plus de six pieds sur six. Lorsque j'ai tenté de négocier sur la taille, ça s'est fini devant le camion avec un ruban à mesurer et j'ai bien dû me rendre à l'évidence.

Si je me plains, Dolo me rabroue. Je brûle d'envie de l'envoyer promener mais tout est si mince entre nous.

— Six par six, je trouve ça amplement grand, qu'elle me répète pour la deuxième fois.

Elle veut dire que si ce projet doit finir comme tout ce que j'ai entrepris ces derniers temps, un timbre-poste devrait suffire. Elle ne le dit pas mais je l'entends quand même. Elle a le don de dire des choses avec ses silences.

Je lui propose aussi de demander à Jean qu'il nous construise un paravent mais Dolo pense que je me moque d'elle et prétend que, de toute façon, je ne la regarde même plus.

— Voyons donc..., que je lui dis avec ma voix du dimanche.

Je soumets l'idée qu'on peut, avec des tableaux de bonnes dimensions, s'arranger pour les suspendre judicieusement et ainsi cloisonner l'espace. Ça aussi, elle le refuse.

— Au bout du compte, t'aimes ça quand je te vois toute nue.

Même si tout le reste s'use un peu, le sourire de Dolo me colle encore les épaules au plancher.

— Moi, je pense qu'Hervé devrait aller faire un séjour à la campagne, qu'elle lance à brûle-pourpoint. J'avais un ami qui était malade comme lui, il a passé un bout de temps au grand air et ça lui a fait beaucoup de bien. Les animaux, la forêt, la nature…

— T'avais un ami? je lui demande. Tu ne l'as plus? Où il est parti? Vous vous êtes brouillés? Il est à la campagne et vous vous êtes perdus de vue? Il a refait sa vie dans un autre pays? T'as perdu son adresse? son numéro de téléphone aussi? Tu le connais pas assez pour tenter de le joindre? Il est où, ton ami? Il serait pas un peu mort, ton ami? Eh ben, c'est vrai que ça lui a fait un grand bien à ton ami, la campagne! À moins que ce soit une de tes inventions.

— Tu fais chier.

Ce n'est pas mon but, mais on dirait que j'en ai plus qu'assez de ce refus des gens de voir les choses comme elles sont. Le grand air n'a jamais sorti personne de la tombe et je ne comprends pas pourquoi Dolo me raconte tout ça. Je ne comprends pas pourquoi elle invente n'importe quelle histoire pour nier l'indéniable.

— On va tous y passer, j'ajoute. Sauf que Bédard, lui, il a une date approximative dans l'agenda.

Et je ne parle pas de Kim, qui n'agit pas mieux avec sa façon de souffler sur des braises.

J'ouvre une bouteille de vin et je trouve le moyen de m'écorcher l'index avec le tire-bouchon. Dolo accourt avec ses soins et ses recommandations. J'espère juste qu'elle ne me dira pas que je suis nerveux et que je devrais me calmer.

Elle ne le dit pas.

Le sang pisse quand même un peu et ça excite Curseur qui en lèche quelques gouttes au passage.

— Bouge pas.

Elle revient avec un diachylon qu'elle applique sur une plaie deux fois grosse comme la tête d'une épingle. Je regarde ailleurs parce qu'on ne sait jamais avec la vue du sang.

Je la remercie mais je n'arrive pas à trouver un ton qui soit convaincant. Je m'excuse. Je dis que je suis un peu nerveux ces temps-ci. Je prends mon manteau et j'ajoute que j'ai besoin d'air et que j'en profiterai pour aller m'acheter des pinceaux neufs puisque les miens en ont tellement vu que je ne sais plus par quel bout les prendre. Je lui en montre quelques-uns dont les soies ont la longueur d'une barbe de trois jours.

Elle me sourit.

Il y a quand même quelque chose qui devient toujours plus triste entre nous.

Nonobstant le fait que j'aime l'hiver, je commence à trouver que celui-là fait tout en son pouvoir pour que je maudisse le moindre flocon. Je gare ma voiture et je découvre une surface parfaitement glacée sous les roues avant et ça laisse présager toute une série de manœuvres pour le retour.

Il n'y a pour ainsi dire personne au Hot Blues. Deux gars maladroits qui s'esquintent sur la table de billard, une fille qui en a déjà bu plus qu'elle ne peut en prendre et Jean-Guy que je n'ai pas vu depuis l'été dernier. Il m'offre un verre que j'accepte et il se met à me parler d'un poème qu'il a lu et qui le bouleverse encore. Je lui demande de qui c'est, il ne s'en souvient plus.

Le titre ? Il ne s'en souvient plus.

Je ne lui demande même pas de quoi ça parle.

Je lui dis que, oui, je peins encore, en lui montrant mes huit nouveaux pinceaux avec leurs poils tout propres. Cette question-là, il peut me la poser dix fois dans une même soirée. C'est comme si ça le rassurait de savoir que je n'ai pas sombré.

— Faut savoir se retrousser les manches quand ça compte.

Ça aussi, il peut me le répéter dix fois d'affilée.

Jean-Guy connaît deux poètes, trois romanciers, un sculpteur et quelques comédiens. Je suis le seul peintre de sa connaissance et ça le rassure de savoir qu'il y a des gens qui meublent le temps.

— Tu sais pourquoi je suis content quand tu me dis que tu peins toujours ? C'est parce que les autres sont en train de s'écrouler. Tous, ils sont coincés comme des truies dans un enclos trop étroit. Ils attendent l'inspiration. Toi, qu'il ajoute, tu peins comme un paysan qui laboure sa terre. T'en as jusqu'en dessous des ongles, et j'aime ça.

Je n'ai pas envie de traîner Jean-Guy dans les corridors de ma faillite. Il me croit prolifique comme un rat en cavale. Il s'imagine que les toiles se succèdent, que les idées s'empilent et que je nage dans la couleur. Je le laisse à ses illusions en me disant qu'au bout du compte il a une meilleure tête que la mienne.

— Kim n'est pas là ? je demande.

J'apprends qu'elle travaille le soir pour le reste de la semaine.

Je ne connais plus l'horaire de Kim. Avant, je connaissais tout de son emploi du temps. De l'heure où elle se levait jusqu'au moment où elle replongeait dans sa nuit. Je connaissais le nom de ses amants, le dernier disque qu'elle venait de s'acheter, le livre qu'elle lisait, les amis qu'elle voyait, ce qu'elle avait bouffé dans la journée. Je connaissais le prénom de sa mère et je savais même que le fils de sa sœur prenait de la drogue.

Une sonnerie se fait entendre dans la poche de Jean-Guy et je me mets à rire.

— Pourquoi tu ris ? il demande avec un air vexé.

— Parce que t'as jamais rien foutu de ta vie.

Depuis que je le connais qu'il se demande où il pourrait bien aller pour gagner sa croûte et donner du sens aux années qui s'ajoutent. Puis ça dérive vers le coût de la vie, le taux de chômage, l'augmentation de la pauvreté, les compresssions dans le budget de la santé puis le goût de la bière qui n'est plus comme dans le temps. Bref, ça finit toujours au bout d'un bar à gueuler contre l'augmentation du coût de la vie et l'ignorance des gens. Et puis là, je le trouve avec un téléphone cellulaire au fond de sa poche et, en plus, il s'en sert comme un pro.

Il colle l'appareil à son oreille et me lance une carte d'affaires avec l'inscription « J.-G. Larue Transport », avec un numéro de téléphone et un design à faire pleurer. Je ris encore mais je vois son index pointer vers la fenêtre où j'aperçois un camion avec le nom et les coordonnées de Jean-Guy Déménagement sur la boîte. Ce n'est pas énorme comme camion mais je me dis que, pour Jean-Guy, c'est déjà pas mal, vu qu'il n'a jamais accroché sur rien de réel.

— C'est vraiment à toi ? que je lui dis quand il a terminé sa conversation.

— Ouais. Et c'est pas le seul. Même que, ça, c'est le plus petit de la flotte.

— La flotte ?

Après une histoire compliquée d'héritage, il s'est retrouvé avec du fric. Du même coup, il s'est dit que, justement, il devrait penser à gagner sa vie. Et que ça serait bien de bouffer autre chose que des pâtes et du riz et de s'offrir de meilleurs alcools. Il n'avait rien sauf deux gros bras solides. Bref, il a acheté des camions et se retrouve propriétaire d'une compagnie de déménagement qui se contente de faire dans le local.

— T'en as d'autres ?

En tout, il possède quatre camions.

— Plus gros que celui-là ?

Il a deux vingt-six pieds, un seize pieds et un Econoline qui lui sert de véhicule quotidien.

— Donc, si je te demande de déménager trois toiles de six pieds sur huit, ça te cause pas de problème ?

Ça ne lui cause aucun problème ; en plus, il me ferait ça à un prix d'ami. Je lui emprunte son cellulaire et j'appelle Jean pour qu'il fabrique les toiles à la dimension que je voulais. Bien sûr il râle un peu mais je lui dis de recommencer.

En montrant du doigt la fille qui a trop bu, Jean-Guy m'informe qu'il a déjà couché avec elle et qu'il ne serait pas surpris qu'elle boive à cause de ça. Il m'explique que des femmes, il n'en a pas eu des tonnes mais que celles qu'il a eues, elles s'en souviennent comme du jour de leur naissance.

C'est inutile de lui rappeler que personne ne se rappelle le jour de sa naissance et c'est pour ça que j'attire son attention sur les gars qui se font chier autour de la table de billard.

Jean-Guy se lève et dit:

— On fait équipe.

Il dépose de la monnaie sur le rebord de la table de billard en prenant soin de bien faire entendre le bruit que font les vingt-cinq sous quand c'est John Wayne qui les dépose.

Il y a quelques années, je ne jouais pas trop mal. Rien pour fracasser des records mais tout de même assez pour tenir tête à un bon nombre de joueurs. Ça doit bien faire dix mille ans de ça.

— Écoute, Jean-Guy, je lui dis. Ça fait une éternité que j'ai pas touché à une queue de billard. Je sais que ces deux-là jouent comme des pieds mais tu risques d'être surpris quand tu vas me voir à l'œuvre.

Impossible de rien lui entrer dans la tête. Il sourit en pointant un index mou sur sa poitrine comme pour me dire qu'à lui seul il peut vider la table. Je ne sais pas comment il joue au billard mais ce qui est évident c'est que, dans l'état où il se trouve, la partie risque d'être longue. Je lui parle un peu de la vie.

— … et puis, il y a un tableau qui m'attend à l'atelier.

Même ça, il s'en balance.

Il reste encore plusieurs boules sur la table et je me dis qu'avec un peu de chance il va reprendre sa monnaie et passer à autre chose. Je veux lui offrir à boire mais il me semble juste assez ivre pour de l'alcool et trop tendu pour un café.

La table vient tout juste de roter la dernière boule que Jean-Guy se lève avec le sourire de celui qui a traversé toutes les guerres. Je suis content d'être son ami parce qu'il a vraiment une sale gueule quand il s'y met. Il frotte le petit cube bleu sur le bout de la queue pendant qu'un des gars lui demande gentiment comment on s'appelle. Il dit « Marcel » pour lui et « Jean-Yves » pour moi.

Bref, on joue incognito.

Je raconte à Dolo une histoire invraisemblable qui est arrivée l'après-midi même. Un gars qui entre dans sa voiture sans trop regarder, sent que son siège est humide et s'aperçoit que la bagnole est pleine de sang. Il y en a jusque sur la banquette arrière. Il appelle les flics qui se pointent et qui découvrent sur le siège du passager une tête de poulet, et le reste du volatile sous le siège du conducteur.

— Tu penses pas qu'on devrait sortir un peu? qu'elle demande.

— Non mais, faut être complètement siphonné pour étêter une poule et la lancer dans une auto.

— On pourrait aller dans un bar où on peut danser.

— Fait froid dehors, je lui souligne.

— Rien qu'à t'habiller, elle ajoute pour avoir le dernier mot.

On est sorti la veille, je sais qu'on va sortir demain et, depuis quelques jours quand je me rase, je vois que les plis de mon visage se sont creusés.

Dolo ne veut rien savoir du Hot Blues.

— Y a des soirs où c'est vraiment le paradis des loosers, qu'elle me dit sans se soucier de me blesser. Et puis, j'ai envie de danser.

❏

On se retrouve rue Rachel, dans l'est. Un bar où elle venait souvent avant de me rencontrer. Une musique un peu forte, un décor qui doit beaucoup à Arte Povera et des

gens qui ne doivent rien à personne. Mais le vin étant ce
qu'il est, je me sens vite chez moi et je décide d'appeler
Kim pour qu'elle se joigne à nous.

Au bout du fil, sa voix rivalise mal avec les haut-
parleurs qui font trembler les murs. Je finis par comprendre qu'elle reste à la maison et qu'elle attend l'appel
d'un gars qui l'intéresse.

— Bon ben, c'est ça, je dis avant de raccrocher.

Dolo me présente plein de gens et je la découvre plus
rieuse que je ne l'ai jamais vue. Sporadiquement, elle va
s'essouffler sur la piste de danse et revient vers moi, histoire de constater que le sang coule encore dans mes
veines. Il y a une fille qui colle un peu à notre table et je
soupçonne que c'est la raison pour laquelle Dolo ne
m'oublie pas tout à fait.

La fille à ma table s'appelle Jocelyne et elle se croit obligée de me parler de peinture. Elle m'appelle Klein et fait
comme si on avait traversé un bout de vie ensemble. Avec
la manie qu'a Dolo de me donner des noms de peintres, on
risque toujours de tomber sur une personne ignorante qui
ira se vanter d'avoir passé une soirée avec Andy Warhol.
Son discours m'ennuie et je finis par lui dire que la peinture, pour moi, c'est un travail, et que je ne crache jamais
sur quelques heures de répit.

Je ne voulais pas être méchant mais je pense l'avoir
blessée. Alors je reprends le collier et lui échafaude une
théorie sur la peinture abstraite dans un rapport douteux
avec la grotte de Lascaux. Un soupçon de Freud, une
touche de sociologie et, bien sûr, une pincée de Matisse. Le
gâteau lève et la fille se remet à sourire.

Quand Dolo vient se pointer à ma table, je lui demande
de rentrer. C'est comme si je lui arrachais les jambes. Je
n'insiste pas et lui fais de grands signes pour lui dire que
moi, j'en ai jusque-là et que je fous le camp. Elle me fait

« bye » avec la main et il y a encore de la musique dans ses hanches.

Avant de partir, je me penche sur Jocelyne et je l'implore de ne jamais dire à personne qu'elle a pris un verre avec Klein.

Elle me le promet.

❏

En route, je décide d'effectuer un crochet du côté de chez Kim où je suis heureux de constater qu'il y a encore de la lumière. Je lance une balle de neige dans la fenêtre où elle apparaît et me fait signe de monter.

— J'ai pensé qu'on pourrait prendre une bière ensemble, je dis en secouant la neige sur mes bottes.

Elle revient au salon avec deux bouteilles alors que je cherche à comprendre pourquoi il y a tant de boîtes au milieu de la pièce.

— C'est quoi tout ça ?

Elle m'offre son plus beau sourire et m'explique qu'elle s'est trouvé un petit travail d'appoint. Un truc tout simple qui consiste à coudre des pompons de laine à des tuques. Les pompons rouges vont sur les tuques noires et vice versa.

— C'est une blague ? je lui demande. T'as toujours fait assez pour vivre, comme serveuse.

— De l'argent, elle me coupe, on n'en a jamais trop.

Je devine sans mal qu'elle aide Bédard à mener une vie à peu près décente. Elle tape sur le fauteuil pour que je prenne place à ses côtés. Je lui laisse m'expliquer comment elle s'y prend. Suffit de quelques points et le pompon est en place. Elle secoue vivement la tuque afin que je constate de la solidité de son travail.

— Puis, le gars, il t'a téléphoné ?

— Je viens tout juste de raccrocher le téléphone où j'ai passé presque une heure.

Je prends une aiguille que j'ai un mal fou à enfiler puis j'insiste pour essayer. J'ai beaucoup moins d'habileté que Kim mais j'arrive à me débrouiller.

— Tu sais quoi? j'invente. J'ai en tête un projet qui se précise. Je devrais me remettre à peindre sérieusement d'un jour à l'autre. Comme ça, Bédard va se retrouver avec de nouveaux tableaux sur les bras.

Je dis vraiment n'importe quoi mais ce truc des pompons m'apparaît insupportable et j'aimerais bien faire comprendre à Kim qu'elle n'en a pas pour des siècles à enfiler son aiguille.

Après une dizaine de pompons j'annonce à Kim que je dois partir.

— Puis, avec le gars, tu penses que ça va marcher?

— Assez séduisant au premier regard, mais une heure au téléphone c'est suffisant pour tout gâcher. Marié deux fois, avec des enfants semés un peu partout. Il sait déjà ce qu'il va faire avec sa pension de vieillesse. En plus, elle ajoute, c'est un amateur de *rythm and blues*.

Je lui dis que c'est dommage sans vraiment le penser parce que, moi aussi, j'ai horreur du *rythm and blues*.

Dans la bagnole, les idées ont du mal à s'installer mais je suis tout de même content d'avoir ajouté quelques sous dans la tirelire de Bédard.

Il y a des fois des idées qui ne nous lâchent plus. On a beau les évaluer, les soupeser, les craindre. On a beau les tordre dans tous les sens pour en extraire le pus. Les repousser loin, loin au fin fond de notre conscience où elles iront d'elles-mêmes se nicher du côté du mal à proscrire. Rien à faire, elle sont là pour rester parce que, des fois, le mal c'est bien.

J'ai passé la majeure partie de la nuit à boxer avec une idée qui a fini par me coller les épaules au plancher. Je me retrouve avec les yeux un peu bouffis et un pouls qui cavale mais je me dis que c'est le prix à payer quand on côtoie la ruse.

Dolo, elle, elle fait du bruit avec sa bouche lorsqu'elle dort. C'est comme si sa langue cherchait à tirer le maximum de jus à l'intérieur d'une bouche trop sèche. Je ne le lui dis pas. Quand j'en ai assez, je me flanque les bouchons de mon walkman sur les oreilles. Des fois c'est Bach, des fois c'est les Rolling Stones. Chaque fois, c'est un truc qui me colle à l'âme.

Dès son lever elle m'annonce qu'elle veut flâner dans des librairies. De mon côté, j'envisage ce bout de journée en solitaire comme un don des dieux. Je me prépare secrète-ment un tête-à-tête avec la peinture, pensif comme si j'avais un compte à régler. Je m'amuse à voir Dolo sortir de sa nuit. Gestes lents, lourds, empêtrés dans des mala-dresses accumulées pendant le sommeil. Elle ressemble à une mécanique qu'on doit graisser un peu pour qu'elle performe à sa juste mesure. Juste un peu. Ce n'est pas long ; la souplesse revient dans chacun de ses membres et les excès de la veille se pètent le nez à la vigueur d'une Dolo prête à tous les défis.

Elle : Tu fais quoi aujourd'hui ?

Moi : Un peu de peinture, si tout va bien.

Elle : C'est donc inutile que je te demande de venir avec moi.

Moi : Han, han.

Aussitôt son premier café avalé, elle s'approche pour la bise d'avant-départ. Nous sommes comme ces couples qui s'embrassent avant les départs. Du bout des lèvres, comme si le dégoût faisait maintenant partie de nos mœurs. Moi, j'aime l'embrasser ainsi. C'est le contraste avec les fougues nocturnes qui me plaît. Comme si le matin apportait ce brin de réserve que la nuit nous fait si vaillamment oublier.

La distance, quoi.

Je fais semblant de m'intéresser à ce qu'on raconte à la radio. On y parle de guerre ou de tornade. Bref, on parle d'une catastrophe où il y a des morts et des dégâts.

Une fois seul, je sors le tableau de McEwen de son sac de plastique. Il y a dessus quelques miettes qui ressemblent à des croûtes de pain. Je souffle sans toucher et je dépose la toile sur la table. Je me sers un café en me disant que je joue avec le feu. Je retourne le tableau et lis à l'endos :

Le drapeau inconnu
Huile sur toile
30 cm X 36 cm
1956

Je désespère un peu puisque je n'ai pas d'huile. Je n'ai pas vraiment assez d'argent pour m'en acheter et je sens toute l'ironie de la situation. Je peux voler un tableau qui vaut son pesant d'or et je n'ai pas le moindre sou pour me procurer le matériau dont il est constitué.

J'approche mon nez à ça du tableau et je regarde le pigment. McEwen m'a toujours impressionné, mais là, de si près, sa couleur me rentre dans la rétine et je me décourage un peu d'une telle maîtrise. Un rouge si rouge. Un bleu si bleu. Un rouge comme du sang qui ne sèche jamais. Et tout ça sur un fond de nuit à faire peur aux hiboux.

Comment on peut entreprendre un travail quand on n'a même pas les moyens de s'en payer la matière première ?

Quand je reprends mes esprits, je réalise qu'il ne s'agit que de quatre couleurs et je me gonfle la poitrine. Et puis je me dis que l'acrylique sèche plus vite et qu'on peut donc reprendre ses erreurs en un rien de temps.

J'attrape un bout de toile où je trace un rectangle qui correspond à la taille du *Drapeau inconnu*. Je m'efforce de faire en sorte que la couche de fond ne soit pas trop épaisse et je l'assèche au séchoir à cheveux. Quand on fait un truc dont on n'est pas très fier, vaut mieux faire vite.

Puis je trace la croix qui occupe l'ensemble de l'espace. Je mets la règle au rancart pour y aller à l'œil, à main levée, en présumant que c'est comme ça qu'a procédé McEwen.

Vrai ?

Faux ?

Je m'en fous et je décide que c'est comme ça qu'il aurait dû s'y prendre.

Copier, c'est aussi prendre les décisions que l'autre devait prendre. S'il ne l'a pas fait, c'est tant pis pour lui. Je commence avec le rouge en sachant que je me trompe mais j'ai besoin de savoir de quoi il retourne. Le mien est plus clair. Le sien a quelques dizaines d'années d'âge mais moi j'ai quelques tours dans mon sac ; seulement je ne sais pas si je réussirai à vieillir tout ça.

Puis, très vite, j'en ai assez. Je lance le pinceau à l'autre bout de l'atelier. Curseur me le rapporte et trouve le moyen de se mettre de la couleur sur les moustaches.

Des fois, les chiens, c'est con.

— J'ai trouvé du travail, m'annonce une Dolo avec un rire qui lui saccade la voix. Je demande de quoi il s'agit sans perdre de vue le type qui l'accompagne. La mi-vingtaine avec un air dangereusement intelligent. Il se tient les mains croisées dans le dos et promène son regard un peu partout. Je me mets soudain à espérer qu'au cours de sa courte vie, deux ou trois types lui ont un peu bousculé la gueule, parce qu'un gars comme lui, c'est forcément le danger qui se pointe.

— C'est dans un bar, pas loin d'ici. La Baleine Bleue, que ça s'appelle.

Je connais la Baleine Bleue. C'est un bar de merde où les gars font semblant de ne pas regarder les filles et où les filles font semblant de ne pas désirer que ça.

— Le salaire de base n'est pas terrible mais y a là une clientèle qui ne regarde pas sur le pourboire. Puis, tu devrais voir le décor. Les pieds des tables sont en alumi-nium brossé et le bar, c'est une sorte d'aquarium avec des poissons bizarres que j'ai jamais vus avant aujour-d'hui.

— Ouais, ouais, ouais, je finis par dire en jetant un coup d'œil du côté du jeune gars.

— Oh! excuse-moi, je te présente Julien. Lui, qu'elle ajoute en me montrant du doigt, c'est mon Vermeer.

Il me tend une des mains qu'il vient de décroiser pen-dant que Dolo m'explique qu'il s'agit d'un ancien compa-gnon d'études qu'elle a connu au cégep et qu'elle avait perdu de vue. Lui-même travaille à la Baleine Bleue et c'est par lui qu'elle vient de dénicher cet emploi. Les études en prennent un coup, mais bon…

— T'étudies quoi ? je lui demande.

Il n'étudie rien. Des cours d'histoire qui ont fini par le décourager du manque de rigueur des universités. Un bref saut en sociologie et le voilà sur le marché du travail. Parallèlement il se prépare à rédiger un texte où il est question de la Conquête et en particulier du rôle qu'y ont joué les Espagnols. Ça lui demande beaucoup de lectures et il a un mal fou à partager ses heures entre le travail et son temps de recherche.

Curseur lui rentre le museau dans le cul et je ne fais rien pour l'en empêcher, ce qui le décide à s'asseoir.

— Tu commences quand ? je demande à Dolo.

Le soir même, et la question de l'heure c'est :

— Qu'est-ce qu'on peut bien se foutre sur le dos quand on veut faire des gros sous ?

— Dans certains bars, je lui dis, la réponse c'est : rien du tout.

C'est une autre vie qui commence pour Dolo. Une vie avec des horaires, des obligations, des tâches à exécuter, des comptes à rendre et du fric qu'elle souhaite abondant. Elle va s'acheter toutes sortes de choses qui commencent à lui manquer. Des disques, des livres, un appareil photo, des billets pour le théâtre, quelques vêtements, un déodorant qui sent la cannelle, un agenda électronique et un petit truc qui fait du yogourt tout seul.

Julien ajoute son grain de sel et lui recommande de toucher une première paie avant de faire trop de projets. Dolo ricane et nous assure qu'elle va être si performante que son patron ne verra qu'elle et que les clients exigeront d'être servis par elle.

— Même là, tu risques d'être surprise quand tu vas voir ton premier chèque, ajoute-t-il.

Je trouve que c'est plein de bon sens et je décide de ne rien ajouter.

Le gars me parle encore un peu de la Conquête et des Espagnols qui se sont comportés comme des monstres. Il étale fièrement ses opinions et je fais semblant de l'écouter. J'ai la tête tout habitée de plein de trucs et il ne reste plus de place pour les Espagnols.

Puis il pose ses yeux sur cette grande chose presque noire et demande si c'est de moi.

— Ça s'appelle *Fragments #4*, lui lance Dolo en se croyant obligée de dire qu'on n'aurait jamais les moyens de se payer une telle œuvre et que donc, bien sûr que c'est de moi.

Le jeune gars me lance un coup d'œil approbateur qui fait qu'on devrait tout à coup devenir complices alors que moi, j'ai le sentiment de me retrouver devant un ange assassin.

— Je connais rien en peinture, il finit par dire, mais ce tableau-là... Difficile d'imaginer plus intense. Vraiment bien.

Je ne le remercie pas du compliment. J'ai passé l'âge de frémir au moindre éloge et encore plus de me mettre à quatre pattes juste parce qu'un de mes tableaux attire le regard.

Il y a Curseur qui me pointe la sortie. Je m'excuse auprès des autres et je l'emmène détaler à toutes pattes dans le parc où nous sommes seuls. Curseur emprunte une piste qu'il renifle tout du long en insistant davantage par endroits. Puis il file comme un Boeing qui s'apprête à décoller. J'allume un joint que j'aimerais bien partager mais, comme il n'y a personne, je m'en occupe tout seul. Après quelques courses intensives, j'appelle mon chien qui me suit prestement.

J'aime bien, des fois, qu'on m'obéisse sans rechigner, mais rien n'est jamais vraiment acquis.

❏

Sur la porte de mon atelier il y a un petit mot scotché.

« On est partis fêté ça au Hot Blues. Si ça te tente, tu peux venir nous y rejoindre. »

C'est une écriture rapide.

Il y a une faute.

Et ce n'est même pas signé.

L es jours sont simples.
Je conduis Dolo à son travail, je reviens prendre Curseur qui s'exalte dans le parc, je m'achète un peu d'alcool et je peins. Un peu. Pas beaucoup. Je peins juste assez pour rassurer Dolo qui souvent se demande ce que je peux bien foutre de mon temps. Plus tard je lui prépare un repas et des fois, après, on baise.

Ce matin, il me semble qu'il y avait une flamme dans son œil que je voyais pour la première fois. Un truc tout simple mais qui roule longtemps dans la mémoire.

Je rentre à la maison et j'attends que Jean-Guy s'amène avec les trois toiles de six pieds sur huit. Ça bouge en dedans, mais mes mains ne tremblent pas. Cent quarante-quatre pieds carrés d'un espace qui n'attend que moi. Si avec ça je ne bouge pas, il ne me reste plus que le désespoir et un fond de vin blanc.

Six étages plus bas il y a soudain un moteur qui tourne plus bruyamment que la moyenne. Je ne fais ni une ni deux, j'enfile l'escalier pour me retrouver sur le trottoir et apercevoir Jean-Guy qui sort de son camion. La blessure qu'il arbore à l'arcade sourcilière avec un peu de rouge autour m'informe que la veille, il a déménagé autre chose que des meubles.

— Ça va, Jean-Guy ?

Il grogne une réponse que je n'entends pas vraiment mais qui se termine sur un sourire en coin.

Ensemble, on monte les trois toiles avec un soin presque exagéré. Jean-Guy pousse la prudence jusqu'à enfiler une paire de gants pour ne rien saloper. Une fois les toiles adossées au mur, je lui offre une bière et on s'installe sur le fauteuil pour récupérer.

— C'est pas lourd, mais c'est délicat, qu'il dit. Tu vas faire quoi avec ça ?

Je médite un moment sur le bout de mes chaussures avant de lui dire :

— J'en sais trop rien.

— Vous faites ça, vous autres, les peintres ? Vous achetez trois grandes toiles sans savoir ce que vous allez en faire ?

— Pas vraiment, je lâche. Je suis à sec, mon vieux. Ces toiles-là, c'est juste pour vérifier si je suis encore un peintre.

Il montre du doigt *Fragments* #4 et je lui explique que, si ce truc-là a toutes les apparences d'un tableau, ça commence à ressembler de plus en plus à une pierre tombale.

Il se lève, finit sa bière et fout le camp en refusant que je le paie.

❏

Quand je réunis les toiles et les accroche au mur, je me contente de regarder l'espace. Je ne suis pas vraiment étourdi mais ça tangue quand même un peu. Je sais bien que quand je forcerai les idées vont jaillir. Faut juste un peu de courage et l'envie de tout mener à terme.

Moi qui étais passé maître dans l'art de tuer le temps, je vois bien qu'il prend sa revanche. Il s'étire et s'acharne si bien que, des fois, il m'arrive de penser qu'il sera le grand vainqueur.

Bref, je m'ennuie.

Je m'affale au beau milieu du matelas et j'essaie de comprendre pourquoi je ne sais plus peindre. Sur le dos avec des bras lourds comme les branches d'un arbre mort, je paresse, penaud. Je sais que si le matelas était vivant il m'avalerait tellement je suis sa proie inerte, soumise et molle. J'aimerais bien chercher à comprendre mais je ne sais même pas quoi comprendre. C'est-à-dire que je me sens parfaitement lucide, l'esprit alerte, capable de résoudre des dilemmes et d'émettre des opinions. Capable d'élaborer des concepts et de les peaufiner. Mais voilà, je suis en manque d'intelligence et aucune idée n'adhère à ma cervelle. La moindre idée glisse sur la surface lisse de mes méninges et, les idées, quand ça se met à glisser, on risque de les perdre toutes. Les moches comme les bonnes. Dans ces moments-là on ne fait plus la différence entre ce qui en vaut la peine et ce qui est nul, et on laisse tout tomber.

Alors je laisse tomber.

Sachant que Curseur n'attend qu'un signe pour sauter sur le lit, je n'ose pas bouger.

C'est difficile de ne pas penser et de ne pas bouger.

C'est difficile d'être mort.

Curseur sait bien que je suis vivant puisque je l'entends par sa queue qui tape au sol. Je ne sais vraiment pas comment font les chiens pour comprendre ces choses-là. C'est comme si tout son savoir logeait au bout de son museau et que, mine de rien, il arrivait à comprendre les trucs les plus subtils.

J'ouvre les yeux et je peins une fresque au plafond juste avec mes pupilles. J'y mets tout plein de couleurs. Des tons que je n'ai jamais côtoyés et des formes tout en longueur qui s'élancent jusqu'à se rompre. Puis j'ajoute quelques objets. Ceux qui me traversent l'esprit et qui ne sortent de nulle part. Il y a même une navette spatiale. J'aimerais bien y mettre quelques étoiles mais je ne sais pas où.

Quand j'ai les bras d'un arbre mort, je suis un peintre figuratif. Pas pour reproduire, mais pour ancrer ma tête dans quelque chose qui ne me soit pas trop étranger. Avec mes yeux, je peux être impressionniste, surréaliste, expressionniste, hyperréaliste... Comme si mes yeux ne pouvaient que répéter ce que déjà ils connaissent. Je pourrais même être sculpteur, graveur ou photographe.

À lège, mes bras vacillent, errent, s'étalent sur la toile.

Je recule. J'avance. Je sue et mon front perle.

La couleur sèche, tranquille.

Vanné, je suis un peintre.

Je me sers un verre de vin et je reste assis un long moment devant les trois toiles réunies, et ça devient soudain comme un mur si grand que ça me fait peur. Pas le choix, je dois me coller le nez au défi. «Retrousse tes manches, mon vieux. Retrousse-les une fois pour toutes», je me répète. Je laisse venir les idées sans le moindre tri tellement elles se font rares.

Je regarde sur mes genoux un cahier ouvert sur une page tout aussi blanche que mon mur inventé et je me dis qu'il faudrait bien que je commence par quelque chose.

Alors j'écris:

toutes les nuits sont les mêmes coïncidences fatales qui relèvent de l'urgence des forceps qui se faufilent pour extirper les cadavres flétris qui s'abreuvent dans les mains du christ d'où coule l'eau par les trous cicatrisés

trous de clous sales où la rouille fait son travail

aux antibiotiques vite vite vite

j'ai soif et tout se perd

sur le balcon des temples luisants les quatre cents pas grugent les patients sidérés qui se rendent aux urnes et c'est pas pour voter

cette manie des bras en croix et des béquilles totémiques à l'aisselle striée ça ne sent rien de bon aux naseaux des étalons fauchés hennissant des airs d'opéra

la tondeuse est passée sur les sites historiques

hachés menus les

héros compostés

dans le malaise la neige fond

                                            je pose les yeux
sous mes pieds
et je ris
la lumière est un rendez-vous inévitable
les loups se préparent à rentrer
des poussières de larmes me coulent
un rejet supposé m'invite je décline
je baisse mon zip il est minuit moins quart

❏

Je remplis comme ça toute une page et je biffe à grands traits. Des mots d'abord, puis des lignes entières. Au bout du compte, ça finit par ressembler à quelque chose et je me dis que je tiens peut-être mon prochain tableau.

J'agrafe un morceau de tissu au mur qui fait face aux toiles toutes blanches. J'ai dans la main une brosse que je touche avec le bout de mon index. Les soies pourraient être de meilleure qualité mais je me dis que ça ira. Pour la couleur, j'ai ce qu'il faut. De l'ocre, un peu de rouge cadmium, du blanc en quantité, du terre de Sienne trop fadasse à mon goût, du noir et, bien entendu, les couleurs de McEwen.

Je dispose les pots sur le sol et j'évalue la façon de procéder. Ça fait boumboum dans ma poitrine et ça fait longtemps que je n'ai pas éprouvé cette fébrilité. Ça fait dix mille ans que je n'ai pas senti ce courant d'air frais me traverser l'estomac.

J'avais autrefois une petite table sur roulettes où je disposais mes couleurs. Je me trouvais un bout de toile que j'installais sur le dessus et j'y installais mes instruments. Elle s'est transformée en table de chevet et je me sens un peu dépourvu. Je pense à placer les couleurs sur le sol comme si cette disposition demandait une grande réflexion.

J'allume tous les spots sauf ceux de *Fragments* #4, histoire de reléguer le passé dans l'ombre.

Y a du ramdam dans le corridor. Je reconnais bien le pas de Dolo mais il y a plus que ça. Et ça rit. Et ça parle beaucoup trop fort pour l'heure qu'il est. Sans être un maniaque du bon voisinage, je vis sur la pointe des pieds en essayant de garder les choses au neutre. J'ouvre la porte et je vois Kim et Dolo se soutenir mutuellement et je leur souligne qu'elles ne sont pas en plein bois. Dolo me fait un beau doigt d'honneur alors que Kim m'apaise avec un sourire. Elles entrent et Dolo me demande de ne pas verrouiller la porte puisque Julien arrive avec de la bière. Kim plaque le dos de sa main sur son front comme s'il allait éclater et je la regarde comme on regarde une kidnappeuse d'enfant.

Je remplis mon verre tout en leur expliquant que la boisson, quand on peut pas la supporter, on passe son tour. J'ai droit à des huées mais je crois fermement à ce que je viens d'énoncer.

À la question : Tu faisais quoi, là ?

Je réponds : Rien.

J'ai encore mon pinceau dans la main et je ne sais plus trop quoi leur dire mais je ne baisse pas les yeux.

— Tu me feras pas croire que tu faisais rien, me lance Kim. Je te connais trop pour savoir qu'avec cette toile et ton pinceau à la main...

— De Kooning nous prépare quelque chose, tu penses ? dit Dolo.

— Il *doit* nous préparer quelque chose. Il n'a plus le choix, ma vieille. Il s'est engagé et il doit se rappeler qu'il a encore une cervelle capable d'opérer et assez de sang dans les veines pour nous barbouiller tout ça, déclame Kim en trébuchant sur les mots.

Pas le choix ; je dois constater que ça me dérange de les voir ainsi côte à côte. Avec toutes ces années qui les séparent.

Dolo avec une peau lisse comme un outrage au temps et Kim qui accuse quelques ravages.

Je n'ai jamais touché à Kim. J'ai léché Dolo sur toutes ses coutures et je me sens happé autant par l'une que par l'autre. Pris dans un piège qu'elles n'ont même pas tendu.

Du bout du doigt, je plie les soies de mon pinceau en cherchant une façon de clouer le bec de Kim, quand Julien arrive avec une caisse de bière au poing. Ciel qu'il est sobre! Pas un faux pli et la tignasse correctement ébouriffée. Pas la moindre petite veine qui aurait un peu rougi dans ses yeux bleus. Ce gars-là, je me dis, il n'est pas du genre à s'effondrer pour de l'alcool. Ou si peu. Il me demande si ça va sans m'interroger à propos du pinceau que j'ai à la main et je le cote « A plus » pour sa discrétion et sa façon de dompter l'ivresse.

Il m'offre une bière que je refuse en lui désignant mon verre.

J'attends qu'il ouvre sa bouteille avant de lui offrir un peu de vin. C'est comme ça. Je suis un peu radin quand il y a un autre chien sur mon territoire et surtout lorsqu'il est aussi racé que celui-là.

De toute sa vie, Bédard n'a jamais eu une seule seconde de retard et il n'est même pas neuf heures trente quand il foule le seuil de ma porte.

— C'est bien à dix heures, le rendez-vous, je m'informe.

— Oui, qu'il dit sans se rendre compte de rien.

— C'est con, mon vieux, d'être aussi ponctuel, tu finis par mettre les autres mal à l'aise.

Il se contente de hausser les épaules pour ensuite promener son regard dans la pièce. Je sais que ces trois toiles encore vierges le réjouissent et l'inquiètent à la fois, mais il garde ses réflexions pour lui-même et c'est bien.

Je suis un peu intimidé par sa tenue vestimentaire. Je ne sais pas ce qui cloche mais il y a quelque chose en trop et je doute que ce soit seulement la cravate. Pour ma part, j'ai presque envie de le remercier de ne rien dire de l'état de mon chandail.

— Kim entame sa dernière journée de travail, je dis pour le sortir de son silence. Vous partez longtemps pour la campagne ?

— Je sais pas, il répond. J'espère juste que ce ne sera pas pour l'éternité.

C'est mon tour d'aller me tapir du côté du silence où l'écho me poursuit.

❏

Bédard insiste pour qu'on aille chez Lartigue en taxi. Je lui dis qu'avec mon auto j'aurais pu emmener Curseur, qui nous aurait attendus le temps de la rencontre. D'autant plus qu'en face il y a un parc grand comme un terrain de football. Bédard se contente de regarder plus loin, puis de lever le bras devant le premier taxi qui se présente.

❏

En chemin, je lui glisse un mot concernant Lucette Lavoie. En lui soulignant qu'elle voudrait bien voir mon travail.

— Une chipie, tranche mon ami qui la connaît de réputation. C'est possible qu'elle veuille voir ton travail, mais vas-y avec des gants blancs. Elle en a baisé plus d'un quand venait le moment de payer.

❏

Il y a longtemps que je n'ai pas mis les pieds dans cette galerie-là. J'y venais à l'occasion mais il y avait toujours un petit quelque chose qui me rappelait que je n'étais pas à ma place. Des fois les gens, souvent les œuvres et toujours Lartigue lui-même qui regardait de très haut tout ce qui bougeait. C'est pour ça que, quand Bédard nous a présentés, j'ai tendu une main de béton. Une façon toute simple de mettre les choses à leur place sans troubler le cours des choses.

— J'aime beaucoup votre travail. Je l'aimais déjà et notre ami Hervé a su me vendre l'idée d'une exposition. J'ai pensé à novembre, qu'il finit par m'annoncer.

— C'était pas octobre ? je lui demande.

— Octobre, c'est l'ouverture de la saison. Je prends un tableau de chacun des artistes et je fais une expo qui lance l'année.

Je jette un coup d'œil du côté de Bédard pour prendre le pouls.

— Je veux pas qu'une de mes œuvres se retrouve dans une expo de groupe, je lance.

Coup de pied sous la table. Je sens la pression de Bédard jusque sous mes semelles.

— Vous refusez d'exposer avec les autres.

Re-coup de pied.

— Oui. C'est que, voyez-vous, y a un côté sériel à mon travail qui fait que chaque œuvre détachée de l'ensemble perd toute sa pertinence.

— Êtes-vous en train de me dire que je devrai vendre des œuvres qui ne tolèrent pas d'être séparées de la série?

— Au contraire, s'avance enfin Bédard. Ce qu'il veut dire, c'est que tel ou tel tableau vit en tant qu'œuvre mais, pour en saisir l'ampleur, l'acheteur a tout avantage à le situer dans un temps donné.

Lartigue se lève, nous tend la main en s'excusant de ne pouvoir nous retenir plus longtemps. Il me signale que ma position se défend et que nous nous reverrons pour planifier l'expo de novembre.

❑

Dans l'escalier qui nous mène dehors, je sens que Bédard est sur le point d'éclater. Je comprends mal puisque nous nous en sommes sortis de façon admirable. Même que la dernière poignée de main m'est apparue plus chaleureuse que celle de notre arrivée. Je me sens même assez fier de la façon dont j'ai expliqué mon refus de l'expo de groupe. J'ai tenu tête sans froisser personne.

— Non mais, pour qui tu te prends? qu'il me demande avec plus de rouge au visage que quand il était en santé.

— Pour un gars qui s'est mis les couilles entre les mâchoires d'un étau.

Il faut un certain temps mais je réussis à le convaincre
qu'on a là une occasion formidable de fêter et que je ne vois
pas pourquoi on s'en priverait. Il n'exige qu'une chose, qu'on
bouffe d'abord, et qu'ensuite on aille prendre un verre au bar
où Dolo travaille. Je ne suis pas chaud à l'idée de me retrouver à l'endroit où elle gagne son pain. Ce monde-là, c'est le
sien et, depuis l'arrivée de ce monde-là, les choses ne sont
plus tout à fait ce qu'elles étaient. Je n'ai pas envie d'expliquer tout ça à Bédard et je lui dis que je n'ai aucune objection.

❏

À une heure pile, on fait notre entrée à la Baleine Bleue
et je remarque tout de suite que le bar est effectivement un
aquarium mais que les poissons bizarres ne sont que quelques crapets-soleil sur lesquels vient se refléter la lumière
ambiante. Je souligne à Bédard que la musique est un peu
forte et il me réplique que je commence à être trop vieux
pour ce genre d'endroit.

— Elle est où, Dolo?

— Sais pas, que je lui dis sans baisser les yeux.

Quand le serveur s'amène avec une bouteille de
chianti, Bédard lui demande où est Dolo. Le gars nous
répond qu'elle ne travaille pas aujourd'hui et je ne baisse
toujours pas les yeux.

— Tu m'avais dit qu'elle travaillait.

— Je pensais, que je réponds en levant mon verre.

Je pose mes deux pieds sur le sol et je reviens aux
choses délicates.

— C'est bien demain que vous partez pour la campagne, Kim et toi?

— Ouais, il répond en regardant par la fenêtre les gens
aller et venir sur le trottoir.

— Ça te convient? je lui demande.

Il m'explique qu'il doit se rendre à l'évidence. La fatigue gagne du terrain. Il ne faut pas plus de deux coins de rue pour lui scier les jambes. Il me dit aussi :

— Le fric, ben, c'est pas comme la multiplication des pains.

Il pense louer son appartement le temps qu'il sera hors de la ville. Faut trouver un sous-locataire et ça non plus, ce n'est pas évident. Il fouille dans sa poche et lance une clé sur la table.

— À la maison, les plantes sont follement amoureuses de toi. Ça serait bien que t'ailles leur rendre une visite de temps en temps.

Je ramasse la clé, me nettoie un peu les ongles avec et trouve que le soleil assomme froidement tous les propos de Bédard.

— Toi, je demande, ça va ?

— Ça va, ça vient.

Il y a des matins où il jurerait qu'il ne verra pas le soleil se coucher, et des jours où il se sent comme neuf.

— Tu vois, il ajoute, aujourd'hui, je pourrais virer la ville sens dessus dessous.

On fait finalement honneur au chianti et je propose qu'on se déménage au Hot Blues pour annoncer la bonne nouvelle à Kim. Je sais pourquoi il hésite. Il ne le dit pas mais ça me perce les tympans. Que va dire Kim de nous voir ainsi picoler ? Elle va réagir comment de nous voir patauger dans cette trêve où le mal de Bédard se voit pour une fois repoussé au fin fond de nos mémoires ? Je ne lui dis pas ce que je pense et j'insiste jusqu'à ce qu'il se rende.

❑

Rien qu'à voir nos yeux, Kim devine rapidement qu'on fête quelques bonnes nouvelles. Pendant que Bédard va aux chiottes je la regarde s'amener avec une tête d'état-major.

Elle me fustige.

Je détourne le regard.

Elle demande une explication.

Je la supplie de se joindre à nous ou de nous foutre la paix ou, alors, de tout simplement fermer sa gueule.

Je sais bien que Kim n'a jamais été partisane de l'effronterie mais il y a des fois où ces mots-là sont les seuls qui me viennent.

Dieu merci, elle choisit finalement la première option.

— Vous fêtez quoi, là? qu'elle demande à Bédard qui s'amène en me montrant du doigt.

— Non!? qu'elle dit.

— Oui, madame. En novembre.

Il n'en faut pas plus pour que je lui demande de nous apporter un demi-litre de blanc et de le partager avec nous. En principe Kim ne doit pas boire pendant le travail mais comme elle finit dans moins d'une heure et que c'est son dernier soir, je n'ai pas trop de mal à la convaincre qu'un peu de vin blanc l'aidera à supporter la vie. Quand Kim nous raconte qu'elle commençait à en avoir assez de faire ce genre de travail, je lui recommande de tout laisser tomber et de traverser de ce côté-ci du bar où la vie reprend des couleurs.

— T'es déjà soûl, qu'elle me lance.

— Pas encore mais ça viendra.

Puis je commence à me plaindre à mon tour. Pas assez de monde dans ce bar. Trop sombre. Ça sent l'humidité. La musique pourrait être mieux. Manque de filles. Je propose qu'on joue à ficeler la sardine, mais ailleurs. Kim me souligne que je dérive et je lui dis que si c'est avec elle, c'est parfait.

— D'ici trente minutes le bar va être plein et vous pourrez faire ce que vous voulez de vos sardines. La tienne, elle me dit, je te précise qu'elle est déjà occupée.

Je ne le sais que trop et il m'arrive quelquefois d'avoir envie de l'oublier, mais ça, je le garde pour moi. Je garde pour moi l'inévitable lourdeur qui finit toujours par s'installer. Avec Dolo, le moindre geste pèse une tonne alors que la

plus sérieuse des paroles finit par s'envoler. Son boulot
déborde et je finis par en trouver des morceaux sur tout ce
que je touche. Il n'y a plus que ça quand elle me parle.
Même la baise, c'est devenu un don des dieux.

Bref.

La serveuse du soir s'amène et Kim est officiellement
délivrée.

On se retrouve assis à une table et tout indique que nos
sardines resteront bien tranquilles. Bédard est sérieusement touché par l'alcool. Il veut pisser et je dois le soutenir
jusqu'à l'urinoir.

— Je suis pas soûl, tu sais, il dit. J'ai les jambes comme
des chiffons mouillés. Et puis… oui, je suis juste un peu soûl.

Au retour, Kim ravale sa rage pendant que Bédard a du
mal à saisir son verre et que moi, je n'ai plus rien à ajouter
étant donné que le sort a déjà décidé de tout.

Elle se lève et annonce qu'elle va appeler un taxi, puis
précise à Bédard qu'ils partent demain et que ça serait bien
d'avoir les yeux en face des trous. Je n'ose même pas proposer de les ramener. J'ai juste envie de payer une autre
tournée, histoire de bien fouetter le temps. L'orage est à
couper au couteau et, quand il fait ce temps-là dans la tête
de Kim, vaut mieux se mettre à l'abri. Je la laisse aider
Bédard à se lever et à mettre son manteau.

Lui me dit bonsoir.

Elle, pas.

Je me prépare à vider mon verre quand un autre choit
sur ma table, offert par un client. Je lève les yeux et je vois
Jean-Guy qui me salue à l'autre bout de la salle. Je n'ai pas
le temps de lui transmettre mes remerciements qu'il
s'amène avec un gars et deux filles.

Les filles saisissent les chaises libres et envoient les gars
en chercher d'autres. Ça ne tarde pas ; Jean-Guy s'amène
avec des sièges, dont un qui semble avoir perdu le bout

d'un de ses pieds. Il me présente d'abord son copain Jean-not qui a les bras plus illustrés que tous mes cahiers de dessins réunis. Puis les filles. Deux Américaines venues voir les « gros blancs de neige. ». Elles veulent bien savoir ce qu'il y a à voir à Montréal, mais moi, je ne connais que le mont Royal. Jean-Guy défile les noms d'une longue série de bars, de cafés, de quelques édifices publics dignes de mention mais je sais qu'il brûle d'envie de leur dire que le principal attrait touristique allait bientôt s'ériger dans son pantalon.

On ne me demande pas mon opinion. Ça ressemble à un jeu dont je suis absent même si celle qui porte un chandail bleu me lance quelques sourires et que je m'amuse à soutenir son regard. Une petite sonnette bourdonne en moi pour me signaler que le moment de partir arrive. Les chiffres impairs souffrent mal ce genre de situation, et là, je suis le cinq crochu qui retarde tout.

Je me lève, je prends mon manteau, et le chandail bleu bondit de son siège. La fille me tend la main et avance son visage pour la bise. Le temps d'un éclair, elle glisse entre mes dents sa langue étrangère. Jean-Guy me fait signe de prendre mon temps et je lui glisse à l'oreille que, si les bites étaient des armes, il y aurait un bon moment que je baignerais dans mon sang. Je lui demande de saluer son copain que j'imagine aux chiottes et je sors.

❏

Dehors, c'est encore l'hiver mais je n'ai pas vraiment le temps de m'en apercevoir. À peine ai-je fait deux pas que j'entends une voix qui me dit : « Hey ! » C'est Jeannot qui me saisit au collet pour me signaler que ça ne se fait pas de draguer la fille d'un autre.

Ciel ! que j'aimerais lui expliquer à quel point il se trompe. Je lui demande de calmer ses tatous, et vlan !

Je goûte à la première raclée de ma vie. Je ne me souviens que du premier coup, et les autres, c'est comme
l'écho qui finit par se perdre. Ça ne fait pas vraiment mal si
on fait abstraction de l'orgueil qui, lui, se retrouve anéanti.

Je remercie deux types qui m'aident à me relever et
plus spécialement celui qui m'offre un mouchoir pour que
je me torche la gueule.

❑

J'explique dix mille fois à Dolo ce qui m'est arrivé et je
sens qu'il lui reste toujours un doute. Le seul mensonge que
je glisse dans mon récit, c'est quand je dis que ma réplique
était foudroyante et que le gars doit avoir, ce matin, une tête
semblable à la mienne. Elle doit s'y connaître en bagarres
puisqu'elle jette un coup d'œil sur mes jointures intactes et
se demande bien avec quoi j'ai pu le frapper pour qu'il ait
une gueule aussi abîmée que celle que je promène.

Il ne m'a pas manqué, le salaud. Rien qu'à tirer sur ma
cigarette, ça ouvre la plaie de ma lèvre et le sang se remet à
couler. Je n'aime pas le sang mais j'adore le tabac, ce qui me
met à chaque bouffée devant un choix déchirant.

❑

Pendant que je pèle une pomme de terre, Dolo en
profite pour m'annoncer qu'elle a finalement trouvé un
appartement. Un truc pas cher, à deux pas de son travail,
éclairé et avec une salle à manger.

C'est un miracle si l'épluche-patate ne me traverse pas
la main.

Je me remémore ce film de Fassbinder où deux types se
battent poignards en main dans un décor de carton-pâte où
il y a un coucher de soleil figé sur une toile de fond. C'est

plus une danse qu'une bagarre. Et c'est si violent et doux à la fois que même le temps semble s'être arrêté net. Ce film-là n'a rien à voir avec la situation mais c'est toujours utile d'avoir quelques trucs sur lesquels fixer sa pensée aux moments difficiles.

En fait, on revient tout simplement à la case départ. Dolo m'avait demandé de lui rendre le service de l'héberger et les choses se sont emmêlées. Il n'y a personne à blâmer, sinon le temps qui s'étire et nous met tout plein d'idées dans la tête.

— Ça change rien entre nous, se croit-elle obligée d'ajouter.

On est en bout de course.

On ne se quitte pas, on s'envole en poussière.

C'est le cœur qui change de cap et ce n'est jamais plus sorcier que ça, ce genre de situation. L'amour chasse l'amour et je ne trouve même pas ça triste. Désespérant, bien sûr, mais pas triste pour un sou.

Je ne veux pas trop savoir de quoi il retourne. Déjà que je devine tout. Doit y avoir un peu de Julien en dessous de ça. Doit y avoir tout plein de choses qui font partie de son monde, où je ne suis jamais vraiment entré.

Ce que je crains, c'est que Dolo se mette à inventer de ces absurdités dont elle a le secret. Je lève les yeux de ma pomme de terre pour lui dire :

— Ben, c'est dans la logique des choses. Je t'ai dépanné parce que t'avais nulle part où aller. Maintenant, t'as trouvé. Pour ce qui est des choses qui ne changeront pas, j'aimerais mieux qu'on les laisse filer. Ensuite, on verra.

Puis je me tais.

Je sais que mon silence n'est pas facile pour elle mais le chat vient de manger ma langue et, peut être, un petit morceau de ma vie.

Un matin je décide que c'est lundi et que, le lundi, c'est un jour parfait pour se reprendre en main. Dolo est partie depuis exactement une semaine et quelques jours. Cette histoire-là, elle n'a pas traîné. Entre le moment où elle m'apprend qu'elle a trouvé un appartement et celui de son départ, il s'est écoulé dix-sept heures.

Des heures de plomb.

Elle a cessé de m'expliquer ce que je ne voulais pas savoir. Elle s'est couchée tôt et je l'ai laissée s'endormir avant de la rejoindre au lit. Au matin on a pris le café en faisant semblant que rien ne s'était passé. Elle a refait sa petite valise grise puis on s'est embrassés sur les joues étant donné que ma lèvre inférieure commençait à peine à se cicatriser et que je ne voulais pas que le sang vienne se mêler à tout ça.

❑

Avant de partir pour l'Outaouais, Bédard a insisté pour que je fasse signe à Lartigue.

— Ce bonhomme-là, il peut avoir à peu près n'importe quels artistes canadiens et il le sait. Montre-lui que tu t'intéresses à sa galerie. Montre-lui que t'es heureux de faire partie de son écurie.

J'ai mitraillé une série de oui et ça lui a permis de partir l'âme en paix.

Depuis la soirée des sardines ficelées, Kim ne m'a pas adressé la parole. Ça n'a l'air de rien mais, certains soirs, ça peut ressembler à une catastrophe.

❏

Je me pointe chez Lartigue à deux heures pile. Il est là et m'accueille avec une certaine sympathie. On se retrouve au beau milieu de la salle où s'étalent cinq tableaux de Judith Reigl. Des œuvres du milieu des années soixante-dix que j'ai déjà aperçues dans quelques revues qui coûtent une fortune.

Encore une fois, je constate que la peinture est une histoire de corps qui se croisent. Qu'il y a des trucs qui ne se voient que d'un certain point de vue, sous une certaine lumière.

— Notre ami Hervé va bien?

Il ne sait rien de ce qui tue Bédard et je considère que ce n'est pas à moi de le mettre au parfum. Il m'entraîne dans son bureau, le seul endroit où il accepte qu'on fume. Il y a un solide rayon de soleil qui entre par la fenêtre. On dirait un gros bloc de poussières lumineuses qui s'agitent dans une danse microscopique.

Il aimerait bien m'entendre parler de ce que je prépare et je sens que je vais devoir inventer. Je mets deux ou trois choses au point puis je me lance en territoire inconnu. Comme assise, j'utilise le souvenir récent des tableaux de Reigl pour tricoter un discours qui semble l'intéresser. J'aimerais bien y ajouter Matisse, pour le piment, mais c'est inutile. J'ai touché le centre de la cible du premier coup.

Il a hâte de voir.

— J'en suis pas encore là. J'en suis au stade exploratoire. Je prends des tas de notes et je fignole quelques esquisses. Mes idées se développent peu à peu et tout ça se précise. Bref, je veux bien installer le concept sériel de mon travail.

Je mens.

Je mens comme mentait Dolo mais avec le charme en moins.

En fait, ce qui l'intéresse, ce ne sont pas les tableaux qu'un de ces jours je vais réaliser mais l'acuité de mon regard sur l'œuvre de Reigl où j'ai semé la graine de mon discours. Mais ça, il l'ignore et ce n'est pas moi qui vais le lui dire. J'allume une petite flamme en lui et je la prends comme un sursis mérité.

Ce qui me rend heureux de cette rencontre, c'est de comprendre que Lartigue s'intéresse vraiment à la peinture pour autre chose que le fric que ça peut lui rapporter. À un moment, il m'entraîne vers sa réserve pour me montrer quelques œuvres dont il est particulièrement fier. Je vois là des trucs que je suis content de toucher. Des moments forts de l'histoire que j'ai là sous les yeux et que ma main peut frôler. On s'attarde un moment sur une œuvre de Molinari qui remonte aux années cinquante et on passe de longues minutes à la regarder sans rien dire.

Le fric commençant à me manquer sérieusement, je jongle un instant avec l'idée de lui parler du *Drapeau inconnu* mais je laisse tomber.

En revenant dans la galerie, je trouve que ça sent bon et que la lumière est parfaite. On se serre la pince à nouveau et je pense à Bédard et au bonheur qu'il aurait à être là à entendre des gens parler de peinture comme si elle squattait jusque dans leur sang.

Temps moche. Vents de dix mille kilomètres-heure, précipitations éternelles et froids à fendre l'âme. Même Curseur tarde à ouvrir l'œil. Je pose un regard encore encroûté du côté des toiles blanches et je pense qu'un jour pareil mérite peut-être d'être signé de quelques formes.

Pendant que le café s'égoutte, j'étends sur le mur un grand papier à côté des toiles vierges. J'évite de trop penser et je me contente de miser sur le pouls qui hante mes veines.

Je dispose mes pots de couleur en me répétant qu'il ne faut jamais oublier qu'au fond de chacun d'eux il y a un peu de colère. Sinon, ce n'est même pas la peine d'essayer.

Je plonge mon pinceau puis j'allonge mon geste le plus possible en prenant soin de ne rien préméditer. Je remplis comme ça toute la surface que je m'empresse d'essuyer avec un chiffon.

Rien ne me contente.

Je reprends avec une autre couleur que je viens essuyer aussitôt. Puis avec une autre. Et une autre. Et encore une.

J'écris, j'efface.

Je peins, j'efface.

Je brûle les heures et je marque le temps sans jamais rien lui demander en retour. Rien que pour sentir qu'il me traverse. Puis je ferme les yeux pour étendre les couleurs. Je ne les ouvre que quand vient le moment de saisir le chiffon pour les refermer aussitôt avant d'effacer. Je m'amuse du fait qu'une structure s'élabore au bout d'un bras aveugle.

Cette cécité empruntée ne m'inspire pas, elle me donne
à voir que j'ai du mal à voir.

Les yeux crevés d'en avoir trop vu, je me contente
d'apporter mon corps à la couleur.

Beaucoup de tableaux se sont peints en moi et c'est en
souvenir de ceux-ci que je barbouille l'espace.

Pour rien.

Juste pour le plaisir de m'exténuer comme le joggeur
qui ne court jamais après autre chose que lui-même, ou
l'assassin qui ne cherche toujours que sa propre mort.

❏

C'est Curseur qui me ramène sur le plancher des
vaches. Je lui sers son repas en m'excusant de devoir le laisser seul. Je lui explique que j'ai vraiment besoin de
m'engourdir la carcasse et je suis sûr qu'il comprend ça. Je
jette un bref coup d'œil sur le sac qui contient le McEwen
et je n'éprouve même pas de regret.

❏

Je me rends au Hot Blues où il y a Marie qui remplace
Kim et qui est une fille bien.

Je sais qu'elle fait tourner l'œil de quelques clients mais
je sais aussi qu'elle est un peu plus que ça. Je ne sais pas
quoi exactement. Quelque chose dans son œil qui brille
sans aveugler. Je ne sais pas si elle sait parler aux gens mais
il me semble qu'elle sait les écouter.

Plus de Kim.

Plus de Bédard.

Juste Curseur qui fait ce qu'il peut.

Je bois quelques rasades, histoire de faire carburer mon
verbe et de mettre l'épice qu'il faut quand on en a plein à

déverser. Puis, quand les bouteilles d'alcool se mettent à valser doucement de l'autre côté du bar, je vide mon sac en prenant soin de ne pas me répandre. Je n'ai pas le temps de trop me confier que deux gars arrivent, dont l'un avec le lard sérieusement tatoué. Ils entreprennent vaillamment la conversation et je me dis qu'il n'y a pas de raison de snober un type parce qu'il a le gras imbibé d'encre. Je leur offre une cigarette et me mets à vanter la gentillesse de Marie. Ils sont d'accord et finissent par en mettre un peu trop, jusqu'à dépasser les bornes. Des trucs moches qui n'ont que le cul pour cible. Je m'excuse auprès de Marie en lui expliquant que le problème en société c'est qu'on oublie souvent qu'il y a des imbéciles qui en sont membres.

Elle me sourit et je me trouve une table devant un mur de briques où il y a des couleurs et de la lumière qui viennent s'accrocher. Ça me rappelle quelque chose que je suis bien forcé de chasser de mon esprit puisque j'entends gueuler des choses pas gentilles dans mon dos.

Rien n'est jamais donné, même pas la paix.

— Pour qui il se prend c't'ostie-là?

Pour un gars qui, il n'y a pas si longtemps, se faisait appeler Rembrandt, Pissarro, Sisley, Dali, Léger, Borduas, Braque, Soutine, Miró, Rouault, Klein, Warhol... et tout ça par une menteuse avec un sourire à faire s'éteindre les étoiles.

Je me prends aussi pour un peintre qui a dix mille tableaux accrochés dans son ventre, qui, par entêtement, refusent de sortir.

Je me prends pour un type qui côtoie des ruines depuis un moment et qui n'a pas besoin de demeurés dans ses parages.

Bruits de chaises et orage dans la voix.

Je ne me retourne pas, même si je sais qu'il y en a un des deux qui serait bien prêt à laver son honneur dans mon sang. Puis j'entends Marie qui s'interpose et ordonne au

gars de retourner à son tabouret. Il n'ose pas bousculer
Marie et reprend son siège. C'est un homme de principe
qui recule devant une femme. Moi aussi, j'ai des principes,
comme celui de ne jamais me faire casser la gueule deux
fois dans la même saison, et c'est pourquoi je suis bien heureux de voir se pointer Jean-Guy avec les deux masses de
muscles qui lui pendent des épaules.

Ça me fait du bien et ça fait retraiter mes ennemis, qui
déguerpissent en tout honneur.

On est les deux seuls clients et Marie s'amène vers nous
avec un verre de bière.

— Ça t'arrive souvent de faire le baveux ?

— Seulement le jeudi entre deux et quatre heures, je lui
dis en levant mon verre en signe de remerciement.

Elle boit très vite sa bière et repart s'en chercher une
autre. Je souhaite très fort que Jean-Guy ne retombe pas
dans ses histoires de filles qu'il a baisées et qui n'ont plus
que l'alcool pour noyer leur chagrin.

— Elle est fine, Marie, qu'il dit.

Il ponctue sa phrase d'un rot et s'en va en levant la
main pour nous saluer.

Je me réinstalle au bar pour regarder Marie, qui lave ses
verres. Très vite, je ne compte plus les consommations qui
défilent. Une à une, elles atterrissent et trouvent aisément
preneur.

Paraît que j'ai beaucoup parlé.

Paraît que j'ai parlé de Kim qui me manque et de
Bédard qui doit peser moins lourd qu'une coquille d'œuf.

Paraît que j'ai parlé d'une fille un peu jeune pour moi
et qui s'appelle Dolo et, des fois, Isabelle.

Paraît que j'ai expliqué que dans les yeux de Curseur il
y a toujours une lumière qui apaise.

Paraît même qu'on m'a mis dans un taxi pour que je
rentre chez moi.

Un soir, je reviens de m'acheter des cigarettes quand je remarque que mon répondeur cligne de l'œil. Depuis quelques semaines la sonnerie du téléphone s'est remise à retentir un peu plus fréquemment. Rien de bien étincelant. Des rencontres de bar, des anciens copains qui refont surface. Le genre d'appels que reçoit un gars qui passe son temps entre les quatre murs de n'importe où.

Dès la première syllabe je reconnais la voix de Bédard, qui se dit déçu de devoir parler à une machine. La voix n'est pas très forte mais le ton est bon. À peine le message terminé, j'appelle à mon tour et c'est la voix de Kim que j'entends. Je m'attends à un iceberg et je trouve une femme plutôt gentille. Presque aimable.

Je lui demande des nouvelles et je me surprends même du calme qu'elle affiche quand elle me parle de Bédard. Ça ne s'arrange pas, loin de là, mais elle m'en parle sans que sa voix me fasse chavirer.

— Mais toi dans tout ça ? je lui demande.

Ce n'est pas toujours facile mais, comme elle dit :

— … c'est comme le reste, quand on a une chose constamment sous les yeux, on dirait qu'on ne la voit plus.

— Comment vous vous arrangez avec le village qui est au bout du monde ?

Ce n'est pas si mal. Il y a un voisin qui offre constamment ses services pour aller faire leurs courses. Il en fait un peu trop mais, dans les circonstances… Connaissant Kim, je n'ai pas de mal à imaginer le jour où elle va lui faire ravaler son altruisme.

— Et le fric?

S'il doit survenir un problème, ce sera à propos de l'argent. Mais ils s'arrangent. Elle a fait une démarche pour du travail au snack du village et, selon elle, les chances sont bonnes. Pour le moment elle s'esquinte sur ses foutus pompons qu'elle greffe comme une experte, ce qui fait que les tuques s'empilent plus aisément.

Elle finit par me demander comment je vais.

— J'ai su pour Dolo. Pour être franche, je le sais depuis le début.

En fait, ce qu'elle me dit, c'est qu'elle savait qu'entre Dolo et moi ça n'allait pas durer l'éternité. Elle me dit qu'il n'y a ni coupable ni victime. Juste une distance qui finit par bouffer tout le monde et prendre toute la place. Kim ne sait pas grand-chose sur Dolo sinon que c'est une espèce de fantôme qui surgit, nous envahit et qui finit tôt ou tard par disparaître. Je n'aime pas vraiment ce qu'elle raconte mais ça correspond assez bien à l'état des choses.

— Hervé voulait savoir si t'es allé chez Lartigue.

— Dis-lui que de ce côté-là tout baigne dans l'huile. On est presque devenus copains. Dis-lui que bientôt il va venir chez moi pour voir mes œuvres. Dis-lui finalement que la vie continue et que ses plantes vertes rêvent de devenir des arbres.

— Il va être content, elle dit. Ça fait deux jours qu'il s'inquiète et qu'il me parle de ça.

— Je peux aller vous voir demain? je demande en me raclant la gorge.

Il y a un certain silence puis elle dit:

— On va être contents. Ça aussi, ça fait deux jours qu'on en parle.

Ce n'est pas la tête tout à fait tranquille que je m'apprête à prendre la route avec ma bagnole. Dix longues années d'usure dans la carrosserie; on a beau avoir le moral, la route fait ses ravages. Quand il s'agit de me déplacer d'une vingtaine de coins de rue, il ne peut rien arriver d'insurmontable. Deux heures pour l'aller et autant pour le retour, ce n'est rien pour me rassurer.

Curseur me regarde mettre des vêtements sales dans ma valise et il se demande bien ce qui va se produire. Quand je mets ses bols pour l'eau et pour la bouffe dans un grand sac, il s'en va faire le mort dans le coin le plus sombre de l'atelier. Je le rassure tant que je peux mais, comme je ne parle pas le chien, je ne peux rien changer à ses inquiétudes. C'est le tintement de la chaîne de sa laisse qui lui redonne vie.

Je jongle avec l'idée de téléphoner à Dolo avant de partir. Je ne sais pas pourquoi mais j'en sens le besoin très fort. Je n'ai pas de raison à fournir, sinon que sa présence me manque et que, de temps en temps, si elle faisait tinter le bout de ma laisse, je ne serais pas contre une petite randonnée.

Comme je n'ai jamais été du genre à mettre du sel sur un ulcère, j'arrive mal à comprendre ce qui me pousse. Au fond, j'ai envie d'appeler Dolo en souvenir de mes derniers frissons. Ceux auxquels j'évite de trop penser même si, à l'occasion, il m'arrive de les trimballer les soirs où rien d'autre ne parvient à m'endormir. Je n'ai rien à lui dire. Le fait est que ce n'est pas facile de dire des choses à une

personne qu'au fond on souhaiterait n'avoir jamais con-
nue.

Je laisse aller mes doigts sur le clavier et je suis heureux
de parler à son répondeur.

— Salut Dolo! C'est Kandinsky. Ça serait sympathique
qu'on aille prendre un verre un de ces soirs.

Avant de sortir, je saisis le sac qui contient le McEwen.
Je le soupèse comme si tout le poids de mon intention s'y
trouvait. Je peux toujours remonter le temps. Me libérer
l'esprit. Me détacher l'âme et la couvrir du baume apaisant
de la droiture.

Un homme honnête et prêt à patauger dans la ruine et
l'ennui pour l'éternité.

Je tuerais pour un brin de quiétude. Alors, ce ne sont
pas ces quelques touches de couleur qui vont me torturer
l'esprit.

Je remets le McEwen à sa place en me disant que, pour
une fois que la peinture peut vraiment être utile, ce n'est
pas le moment de faire des histoires.

Je siffle Curseur pour qu'il me suive jusque dans la voiture où je prie tous les dieux du métal.

❑

J'avais oublié à quel point les derniers kilomètres pouvaient être tortueux, si bien qu'à deux ou trois reprises j'ai
failli me retrouver dans la nature. Curseur, qui n'a jamais
vu de parc aussi grand, se retrouve avec une langue longue
comme ça tellement il aimerait le sentir sous ses pattes. En
traversant le pont qui surplombe la rivière de la Petite-
Nation, je lui raconte comment, un jour, j'ai tiré un achigan
de quatre livres de cette rivière-là.

— Sur une vieille canne à moucher avec une Joliette
Hopper. La mouche a touché le film de l'eau, et pan! Le

monstre est sorti d'un bond. Et c'était pas lui le plus surpris des deux. Faut dire que j'ai su lancer là où il le faut. Juste sous une branche qui penchait vers l'eau.

Les chiens, quand il ne s'agit pas d'un os à gruger, d'une balle à lancer ou d'une course effrénée dans un parc, ils ont toujours l'air de ne s'intéresser à rien.

❏

J'ai peur de me tromper mais finalement je tourne au bon endroit. Là où c'est écrit «Domaine Bédard» sur une plaque de bois, avec des pins qui chatouillent les nuages et un lac tout en bas.

Ils sont déjà là à m'attendre.

❏

Le coup est dur à encaisser quand je vois Bédard qui m'attend assis dans un fauteuil roulant et qu'il est moins large que ses pneus. Kim lui passe une main dans les cheveux et m'agrippe de l'autre pour me serrer très fort.

Kim est un ange, mais avec une jupe et des sandales.

Pour dissiper la gêne, je lance une branche à Curseur qui ne met pas trois secondes pour revenir et me la déposer aux pieds.

Un peu malgré moi, j'en veux à Kim de ne pas m'avoir un brin aiguillé sur l'état de Bédard. Je savais que ça n'allait pas très fort et qu'il lui arrivait de s'asseoir dans ce fauteuil à roues de bicyclette pour se déplacer mais c'est comme pour la peinture, on a beau en connaître les détails, il n'y a rien comme de se retrouver devant pour en subir la charge.

Je me penche sur son fauteuil et lui dis: «Comment ça va?» en sentant très bien le poids que peuvent avoir les phrases les plus anodines.

— Je me reposais un peu avant d'aller faire mon jogging, qu'il me lance avec une étincelle dans l'œil.

C'est Curseur qui me tire d'affaire en arrivant avec une branche de cinq pieds qui lui désarticule la gueule. Je suis incapable de lui expliquer qu'il faut foutre la paix aux arbres. Alors je dis: «Non!» Mais il court déjà dans une autre direction pour finalement se lancer à l'assaut d'un jeune conifère qui n'aura pas le plaisir de connaître la chaleur de l'été.

Je l'appelle mais il préfère s'étendre sur une des plaques de neige qui tiennent encore tête au printemps qui pousse.

En entrant dans le chalet, je remarque tout de suite l'ampleur des travaux que Bédard a fait exécuter. Un mur abattu par-ci, une nouvelle pièce par-là, et il y a même la salle de bain qui a pris des proportions normales. Ça m'aide à comprendre le mauvais état de ses finances. Ça, le coût des médicaments et tout le reste. Et j'imagine sans mal le nombre de pompons qu'il faudra pour payer tout ça. Il me dit que je peux m'installer dans la pièce du fond. Je lui signale que je repars le soir même mais il a l'air si fatigué que je finis par lui obéir. De la fenêtre où je me trouve, je vois que les glaces du lac se sont évanouies depuis peu et donnent à voir une masse grise comme la mort.

— Mes plantes? il finit par demander.

— Elles regorgent de santé, resplendissent, verdoient. Bref, elles me donnent envie de me réincarner en n'importe quoi, pourvu que ce soit dans un pot.

— Ma dieffenbachia dans la salle de bain?

Rien n'est vraiment parfait, mais je le lui cache.

Je sors pour aller chercher mes choses dans le coffre de la Honda et Kim me suit. Je trouve que l'air de la campagne lui arrondit les hanches, mais je suis convaincu qu'il vaut mieux garder cette réflexion pour moi.

Je me sens soulagé de voir que Curseur reste devant la maison avec à ses pieds toute une collection de pierres. Lui, il reste là à m'attendre pour toujours et ça fait du bien de constater qu'il y a des choses qui sont immuables. Je jette un coup d'œil du côté du petit pin qu'il a attaqué et je me désole de voir ce qu'il en reste.

— Il a rien vu, me lance Kim. Tu connais Hervé. S'il avait vu ton chien s'attaquer à un de ses arbres, t'en entendrais parler jusqu'à la fin de tes jours. Sa vue baisse au point que la moitié du monde lui échappe.

La moitié du monde, c'est beaucoup, et je souhaite soudainement faire partie de la moitié qu'il voit encore.

Je ne savais pas que c'était à ce point. J'ignorais qu'il ne restait plus que quelques miettes du Bédard original et que même ces miettes-là, faut pas leur prédire un avenir trop long. Je ne sais plus vraiment quoi ajouter mais je sais que ce n'est pas le moment de reprocher à Kim de n'avoir rien partagé de cette débandade.

— Au juste, je demande, qu'est-ce qu'il voit pas ?

— Les détails, qu'elle me répond.

Il distingue la silhouette d'une personne, la forme d'un arbre, l'angle d'une toiture, l'élan d'un chien, les reflets du soleil, la carrure d'un camion, la courbe d'une plante verte, la blancheur d'un frigo, la hauteur des buildings, le bleu de l'eau, la façade du bar du village le soir quand on en allume l'enseigne, le jaune de l'autobus scolaire, la rondeur d'un pamplemousse, la hauteur d'un escalier, la lueur de la télé, la cambrure des montagnes, la largeur d'une route, le volume de la remise de jardin, et il sent les orages dans tous ses membres.

Je cherche un moyen de ne pas m'écrouler et je m'accroche à Kim quand elle dit :

— Wow ! Un riesling !

— J'ai pensé que t'aimerais t'y tremper les lèvres.

— Ça va bien, la peinture, qu'elle lance, l'air de dire que je suis plein de fric.

Je hausse les épaules et je regarde du côté du lac.

— C'est commencé, la saison de la pêche à la truite ? je demande.

À son tour, elle hausse les épaules.

On rentre mes bagages et je suis moins sûr que c'est une bonne idée d'avoir traîné mes vêtements sales jusqu'ici. Kim saisit la valise qu'elle trouve un peu lourde pour un gars qui ne fait que passer. Je lui explique mon incurie et ça fait rire Bédard.

— Mais je sais me rendre utile. Je me suis dit que tout en lavant mes vêtements, je pourrais laver les vôtres. Et même la literie si vous voulez.

Kim saute sur l'occasion et Bédard m'informe qu'il y a au sous-sol tout le nécessaire pour faire le lavage. Le sous-sol est plus propre et rangé que toutes les maisons que j'ai habitées. Il y a plein de choses mais c'est comme si elles étaient collées pour l'éternité à l'endroit où on les a placées. Elles sont là, comme si elles n'existaient que pour l'œil, et ça fait plaisir à voir. Je me dis qu'avec un brin de chance, ce gars-là aurait pu diriger n'importe quel musée du monde, tellement il a le don de nous mettre en scène. Kim s'amène avec un sac où il y a pêle-mêle des vêtements à elle et à Bédard.

J'ai vraiment envie de me rendre utile et je saisis le sac sans faire d'histoires. J'étale le linge sur le sol comme le faisait ma mère mais je m'y connais mal en séparation de couleurs. Je remarque qu'il n'y a aucun sous-vêtement pouvant appartenir à Kim et je me dis que c'est par ce genre de détail que les filles savent rester un mystère.

Je n'ai plus de voiture et ça me désespère puisque ça tombe sur un soir où le sol est recouvert d'une matière qui hésite entre neige et eau. Les dieux du métal n'ont rien entendu de mes prières. Le retour s'est déroulé sans le moindre accroc. Même que j'ai tenu le vin à distance une bonne partie de l'après-midi pour m'assurer d'être à la hauteur. À deux rues de chez moi, paf !

Plus rien.

Rien que la radio où jouait une chanson de Vigneault sur le pays à faire, et je n'étais pas d'humeur à faire de la prose sur la gadoue.

Je sais qu'un peu partout sur la planète, il y a pire. Je sais que le monde est rempli de sang et de plaies. Je sais tout ça, mais je vis quand même un drame.

Ma valise au poing, j'avance, mais Curseur tangue du côté du parc. Ce n'est jamais assez. J'attache sa laisse à un poteau devant une épicerie où j'achète une bière que je trouve bien petite, vu les circonstances, et on se dirige vers le parc.

J'étanche ma soif et je regarde mon chien suivre des pistes fondues avec la neige. Le même trajet, toujours, mais sur un sol boueux qui a avalé ses plus beaux souvenirs. Je me demande comment ils font, les chiens, pour flairer les pistes évanouies.

❏

En entrant dans l'atelier, je me dirige tout droit vers les fenêtres que j'ouvre toutes grandes. J'explique à Curseur

que, si le printemps traîne de la patte, ce n'est pas une raison pour crever dans les anciennes odeurs. J'évite de regarder les trois toiles blanches.

J'ouvre un pot de couleur.

Terre de Sienne.

Je couvre quelques plages.

J'ouvre un pot de couleur.

Ocre.

Je m'y plonge les doigts et je viens pianoter sur les
plages encore humides. Je ne sais pas trop ce qui se trame
mais c'est comme si j'appelais l'écho des temps anciens.

J'ai dans la tête des montagnes de couleurs.

Mon geste est souple et ça tambourine sur la toile.

Je recule et je fonce sur la surface où ça s'agite.

J'y mets la main et c'est le corps qui y passe.

Je recule.

Je sue.

Bref, je peins.

Je ne regarde pas trop parce que je sais que ma tête va
se mettre à jouer les trouble-fêtes et que j'en ai suffisamment comme ça sur les épaules.

J'arrête et je m'installe sur le rebord de mes fenêtres,
histoire de me rincer l'œil et de sentir ce vent frais qui ne
se gêne pas pour entrer.

Curseur est affalé sur le lit et je me déshabille pour en
faire autant. Pendant que je me décrotte les mains, je me
décide à regarder bien en face ce qui vient de surgir. Pas
génial, mais moins désespérant que tout ce que j'ai tenté
ces derniers mois. Je passe devant *Fragments #4* sans y poser mes yeux qui déjà pèsent dix tonnes.

Deux jours que je me fais chier sur ce McEwen. Je ne perds pas patience mais j'ai peur que tout ça ne finisse par me faire plier les genoux. Je ne cherche même plus. Je sais. C'est cette juxtaposition chromatique qu'il traite majestueusement qui me donne du fil à retordre. Je me sers un verre de vin que j'avale tout doucement avant de retourner m'arracher les yeux sur ce tableau qui commence à me hanter.

Je sais que sans une échéance je n'arriverai à rien. Pas vraiment une échéance ferme, mais un besoin tout simple de connaître la couleur de la médaille que j'aurai au cou une fois la course terminée.

Je tire de mon portefeuille la carte sobre et un peu plissée de Lucette Lavoie, collectionneur. Je la regarde un moment en me disant qu'elle va sûrement me demander des nouvelles de Dolo, qui ne s'appelle pas toujours Dolo. Et je dirai qu'Isabelle se porte à merveille. Je blasphème un bon coup sur le dos du monde, qui est compliqué quand il s'y met, puis je fais le numéro de téléphone de Lucette Lavoie.

Elle se souvient de moi et je respire mieux.

— Je vous dérange pas, j'espère ?

On est lundi, et le lundi c'est son soir de repos. C'est comme le restaurant chinois à quelques rues d'ici. Il ferme tous les lundis, mais je juge mal à propos de lui dire ma comparaison.

— Si vous voulez, je peux vous rappeler un autre soir.

Quand elle parle de repos, elle veut dire qu'elle reste à la maison, ce ne qui veut pas dire qu'elle n'est pas prête à des surprises. Comme mon appel, justement.

— Je vous appelle pour un truc un peu spécial.

Elle l'espère bien. Pour elle, une surprise c'est une chose qu'on n'attend pas. Un vieil ami. Un bouquet de fleurs. Une bonne émission de télé, mais jamais un rat qui surgit au beau milieu du salon.

— J'ai pensé vous appeler pour...

Elle ne veut rien entendre au téléphone. Les surprises, les vraies, ce sont celles qui se présentent en chair et en os. C'est un début dont on ne connaît pas la fin. Bref, elle me balance un tas de mots qui s'adressent à ce qui roupille depuis un moment entre mes cuisses, et ça dérange un peu mes plans.

Elle me refile son adresse et me demande si j'ai faim.

❑

Jamais vu d'aussi près un quartier avec des rues si propres. Larges, sans un papier qui traîne, pas un seul graffiti qui vienne épicer les façades. Ce n'est pourtant pas l'espace qui manque.

Après le coup de sonnette, la porte se fait un peu attendre mais finit par s'ouvrir. Je n'ai rien à voir avec elle, avec sa porte, avec cette rue, mais j'entre quand même.

Un fauteuil m'avale et, le temps de le dire, je me retrouve avec un verre de vin blanc à la main. Est-ce que le vin est bon? Je n'en sais rien, je suis en marche depuis le milieu de l'après-midi et j'ai le palais déjà tout imbibé. Je promène mes yeux sur les murs et, à les en croire, je reconnais deux Riopelle, un Borduas et la moitié d'un Barbeau (je dis ça sans méchanceté).

On cause un petit moment et je finis par annoncer de but en blanc que j'ai en ma possession un tableau de quatorze pouces sur douze. Je marque un temps, le temps de voir ses sourcils valser.

— Jean McEwen. Un *Drapeau inconnu*, 1956. Superbe!
Nouvelle danse des sourcils et celui de droite reste
perché. Elle veut en savoir un peu plus et c'est dommage
pour elle parce que, moi, quand on me presse, j'ai envie de
prendre mon temps. Je commente le quartier, la félicite
pour sa belle maison et lui demande c'est quoi le vin que je
termine d'un trait.

Elle remplit mon verre et je dégaine.

— Les années cinquante chez McEwen... Même
petits... À mon avis, c'est les meilleurs.

Elle parle un peu de cette période de l'histoire de la
peinture au Québec. Elle commet quelques erreurs mais ce
n'est pas le moment de provoquer une controverse. Puis
elle jette un coup d'œil sur mon sac.

Je sors l'œuvre avec dix mille précautions et je m'approche de Lucette pendant qu'elle met des lunettes qui lui
grossissent les yeux. La façon dont elle s'y prend pour examiner le tableau la rend presque attachante.

— En tout cas, c'est un authentique, qu'elle dit. Et vous
êtes pressé de le vendre?

— Non.

— C'est à vous ce tableau?

— Non.

Je me lance dans une explication où je m'embourbe. Je
lui invente un truc qu'elle ne croit pas vraiment mais elle a
la gentillesse de ne pas trop me tarauder.

— Que voulez-vous que je fasse d'un tableau que je ne
peux ni revendre ni même montrer?

Je lui explique que ce n'est pas pour des années. Quelques mois, un an au maximum, le temps que Bédard se
rende au ciel où il sera trop occupé à baiser des anges pour
me tenir rigueur de la vente du tableau.

— Écoutez, je lui dis. Je ne vous oblige à rien. J'ai un
autre acheteur. Je tenais à vous faire l'offre parce que

quand je vous ai rencontrée vous m'avez été sympathique.

Ce mot-là la fait frissonner. Elle me prend la main, que
je m'empresse de dégager pour remettre le tableau dans
mon sac en prétextant un rendez-vous et en précisant que
j'ai horreur des retards. Elle me raccompagne vers la sortie
et j'entends bien le miel qui imprègne sa voix. Des mots qui
coulent et qui collent en espérant s'agripper à ce qu'il y a
de plus juteux chez les êtres.

— J'y pense et je vous rappelle dans deux jours?

Je lui laisse mon numéro de téléphone en ajoutant:

— Non. C'est moi qui vous rappelle.

Elle me tend ses lèvres, j'y colle ma joue et je sors.

Je partage mes heures entre l'angoisse des trois toiles qui tardent à prendre forme et l'inquiétude du McEwen qui commence à m'envahir. Je sais que rien n'est sorcier et que, tôt ou tard, j'y arriverai. Le problème, c'est que je me sens un peu moche de faire tout ça. Pas moche envers Bédard qui laissait croupir ce tableau dans sa réserve et qui a déjà un pied de l'autre côté de la vie. Je me sens moche envers McEwen qui a fait le geste tout simple de produire une œuvre qu'un pauvre type s'amuse à reproduire pour quelques malheureux dollars.

Partout, j'ai le mauvais rôle.

Dehors, le soleil fait ce qu'il peut pour coller au plancher les épaules d'un hiver que je commençais à croire éternel.

Le téléphone sonne.

— Salut, Rubens, c'est Rosa Luxembourg.

Cette voix-là, je ne l'espérais même plus. Toutes ces semaines sans l'entendre. J'en avais presque oublié l'épice.

— Ça va bien, Dolo ? je lui demande une fois la surprise passée.

Rien de merveilleux mais dans l'ensemble elle va bien et elle se demande si c'est possible qu'on aille manger ensemble dans un restaurant de mon choix.

Je lui dis que ça peut se faire quand elle veut et elle me signale qu'elle vient de finir son travail et que ça peut se faire maintenant, si je veux.

Je veux.

❑

Avant de partir, je prends une douche en frottant bien dans les coins. En replaçant le *Drapeau Inconnu* de McEwen, je pense à Bédard, qui me tuerait s'il savait ce que je prépare. Quant à Kim, je n'ose même pas imaginer toutes les paroles dont elle me mitraillerait.

❏

J'entre à la Baleine Bleue et je vois tout de suite Dolo qui sirote une bière. Elle ne me voit pas et ça me laisse tout le temps voulu pour la détailler et pour me dire que je n'ai pas toujours été un laissé-pour-compte. Si j'étais porté sur « les sanglots longs des violons de l'automne », je dirais qu'elle porte la même jupe que lors de notre première rencontre.

De la voir ainsi me fait comprendre que je ne regarde presque plus les filles. Toujours quelque chose en moins ou quelque chose en trop.

Je me demande pourquoi je ne me suis pas accroché quand elle est partie. Peut-être que ça aurait servi à la retenir. En tout cas, à retenir son élan. Je n'y crois pas mais ça me fait plaisir de me poser la question. Ça me permet d'affirmer que je n'ai pas levé le petit doigt pour retenir une fille comme Dolo. Tous les bonshommes de la planète se seraient traînés par terre en hurlant leur désarroi. Moi, non. J'habite le ciel ou l'enfer avec la même tête et ça me fait une petite fleur de le constater.

Je m'approche d'elle et je sens qu'un pieu s'installe dans mon estomac, mais le truc, c'est que personne ne s'en aperçoive.

— Comment tu vas, Dolo ?

Elle m'embrasse rapidement et pose longtemps sa tête sur mon épaule. Je l'ai vue dans de meilleurs moments mais je trouve délicat de le lui souligner. Elle est heureuse de me revoir, me sourit largement et il y a des étoiles qui naissent dans ses yeux. J'ai du mal à correspondre à l'air du temps et je dois trouver un truc à ajouter, sinon je suis bien capable de me mettre des choses plein la tête.

— La Honda est morte.

— Tu te sers enfin de tes semelles, elle lance dans un grand rire.

— Je viens tout juste de passer mon permis de marche.

La musique nous défonce les tympans et, pour me parler, elle doit s'avancer vers moi. Pour y arriver, elle hausse un peu les épaules et se penche en avant. Si j'étais du genre à mettre mon nez dans le corsage des femmes, j'y jetterais bien un œil.

On se prend une table loin des haut-parleurs. Faut pas être sorcier pour comprendre que j'ai trop bu, ou alors, c'est que je suis fragile comme du cristal. Elle marche devant moi et je m'efforce de braquer mes idées sur des choses banales.

— T'as l'air un peu crevée, je lui fais remarquer.

J'apprends qu'elle travaille comme une cinglée et qu'au bout du compte elle ne baigne pas dans le luxe. Elle me dit que Julien ne travaille plus dans ce bar. Qu'il ne travaille plus nulle part. Il se concentre sur son article sur la conquête de l'Amérique, et c'est très exigeant. Pour l'aider, elle trime pour deux. Sue pour deux. Dépense pour deux et y laisse un peu de sa peau chaque soir en quittant le bar.

Résultat : elle gagne en cernes ce qu'elle perd en poids. Malgré tout ça elle m'affirme qu'elle est heureuse et que Julien est un gars formidable.

Je me contente de ravaler ce qui me monte aux lèvres et de hocher la tête. Je souris à l'idée de tout ce que j'ai parcimonieusement frotté dans la douche et ça me donne un air complaisant.

— Tu sais, je me suis enfin remis à la peinture, je lui annonce pour me rendre intéressant.

C'est à McEwen que je pense parce que, pour ce qui est du reste, il n'y a pas de quoi claironner.

Je suis tout à fait capable de mentir mais je n'aime pas ma voix dans ces moments-là. Quand je mens, je m'entends mentir. Je n'entends que ça, et ça me revient en écho. Ensuite, faut tout organiser autour de ce mensonge et c'est là que ça finit par m'étourdir.

J'ai envie de lui demander sa technique. Comment elle fait pour dire n'importe quoi et pour se retrouver avec plein de gens qui s'intéressent à ce n'importe quoi. Comment elle s'y prend pour que le monde lui aille comme un gant. Comment elle fait, au fond, pour sauver sa vie avant même que le danger ne s'annonce.

On est souvent interrompus par des personnes qui viennent la saluer. J'admire cette faculté qu'ont les gens comme elle de se faire des amis sur des riens.

Je lui propose un restaurant.

Elle n'a pas faim.

Je l'invite dans un autre bar.

Elle n'a plus soif.

Je lui fais la bise et j'invente n'importe quoi pour sortir du bourbier.

❏

Je retourne chez moi avec un sexe propre comme un sou neuf et je suis un peu déçu qu'elle n'ait même pas demandé des nouvelles de Curseur.

Les mains bien enfoncées dans les poches, j'essaie de marcher lentement en me jurant que désormais je me remettrai à regarder les filles.

Je pense que je touche finalement la cible. Ce bleu du *Drapeau inconnu*. C'est par lui que passe la vibration du rouge et la profondeur du noir.

J'ouvre une bouteille de vin et je médite un bon moment sur le métier de faussaire en concluant que, si ça se trouve, il s'agit d'un métier plus difficile que celui de peintre, et combien dépourvu de noblesse. Je suis content de mon travail, mais conscient qu'aucun connaisseur ne s'y laisserait prendre à moins que je travaille encore très fort.

Et même là.

C'est le téléphone qui me tire de mes réflexions. À l'autre bout il y a Kim avec la voix d'une femme qui s'amuse.

Ce n'est pas juste une impression, elle s'amuse vraiment. Elle me dit que Bédard fait le singe et qu'il n'arrête pas de dire des niaiseries depuis le matin. J'ai du mal à la croire mais elle me l'assure.

— On dirait qu'il prend du mieux depuis quelques jours. Des nouveaux médicaments qui semblent faire l'effet d'une bombe.

Je m'en réjouis mais pas trop, étant donné que j'ai l'impression qu'elle me raconte n'importe quoi.

— Tu ne viens pas souvent nous voir.

Je lui explique pour la Honda qui m'a laissé tomber ; bien sûr, il y a toujours l'autobus mais il y a aussi Curseur que je ne peux pas laisser tout seul. Bref, on se retrouve devant un grave problème.

— Non, Kim, j'ai personne à qui je pourrais laisser Curseur, et même si j'avais quelqu'un...

Je cultive cette idée qu'on ne laisse pas un chien comme on abandonne son épouse.

— Si dans un cas, ça peut sembler facile, dans l'autre, ça peut être le drame.

Je lui dis que je ferai l'impossible pour trouver une solution et que j'ai aussi très envie de les voir tous les deux.

On s'embrasse à distance et je retourne à McEwen. Les deux toiles côte à côte, mon travail ne tient pas le coup. Trop de ceci et pas assez de cela. Il y a un peu de jaune derrière le rouge et c'est là que réside le problème. Me faudrait encore quelques jours de travail mais je n'ai plus envie de trimer.

Je repense à cette phrase dite par Kim à propos de Bédard. «... quand on a une chose constamment sous les yeux, on dirait qu'on ne la voit plus. »

J'appelle Lucette Lavoie.

Elle fait l'offusquée. Elle trouve que je l'ai laissée un peu trop faisander. Qu'il y a un minimum de respect entre des gens qui veulent conclure une affaire. Bref, elle fulmine et je pense à la tête qu'elle ferait si elle me voyait à l'autre bout du fil avec un majeur qui pointe vers le ciel.

Je la laisse débiter son discours, je vide mon verre de vin et je me lance.

— Écoutez, madame Lucette Lavoie. Il vous intéresse, mon tableau de McEwen? Vous êtes pas toute seule en lice. Il y a un bonhomme qui, lui, s'y intéresse beaucoup à ce *Drapeau inconnu*. C'est un peu pour vous rendre service que je vous le propose.

Ça marche.

Sa voix ondule déjà mieux. Elle me demande de me rendre chez elle parce que, ces choses-là, ça ne se discute pas au téléphone.

❏

Je ne sais pas pourquoi elle a mis cette robe-là. Elle a quelque chose de grossier qui fait que ses seins ressemblent plus à des gadgets qu'à des organes. Je prends place au salon pendant qu'elle s'absente quelques instants. La cabane est encore plus rutilante que dans mon souvenir et je ne peux pas m'empêcher de trouver pitoyable que des gens aient besoin de s'enrober à ce point. Je me dis que si j'étais graffiteur, c'est ça que j'écrirais sur les murs :

« Les riches font pitié. »

Je l'écrirais en jaune et je soulignerais tout ça en brun, histoire de rendre la chose encore plus dérisoire.

Elle se ramène avec une bouteille de vin qu'elle me tend en disant :

— Les grandes choses se discutent avec un grand vin.

Je suis l'homme, alors elle me tend l'ouvre-bouteille. Je mets tous mes muscles à contribution en me jurant de ne tremper que les lèvres, histoire de ne pas trop m'embrouiller. Pendant que je tire, je remarque que sa robe est d'une tristesse inouïe et je me dis que si on était le moindrement intimes, je trouverais une façon de lui dire de ne plus jamais s'atteler de la sorte.

Sais pas pourquoi, mais cette bonne femme-là me donne soudain envie d'être grossier. Roter, péter, me gratter les couilles... Je me contente de lui dire que le vin est bon en criss.

Elle croise les bras et me regarde droit dans les yeux.

— Alors ? Combien vous en voulez ?

Je lui explique que ce n'est pas à moi de lui demander un prix mais à elle de m'en proposer un. Je reviens sur l'autre acheteur fictif en évitant de trop m'étendre sur le sujet. Ça lui noue les nerfs mais c'est une dame qui sait se contenir. Elle me trouve dur en affaires et j'ai presque envie de lui dire que, de ma vie, je ne posséderai jamais le quart de ce qui se trouve dans son salon.

— J'avais pensé vous en donner douze mille dollars.

Je garde le silence et me gratte la tête en commandant à mon cœur de pas s'emballer. Je maintiens mon silence et ça l'énerve. C'est comme ça que se gagnent les joutes serrées. Ne pas bouger, fermer sa gueule et attendre que l'autre se mette le pied dans la bouche. Même pas une feinte. Toujours en garde, mais de glace.

Si j'étais un sportif, je serais boxeur. Laisser l'autre s'emmêler dans les câbles et souffler dessus pour qu'il tombe.

J'ai assez de couilles et de cran pour tenir le coup, sauf que ça donne soif.

Je me sers un peu de vin et je la regarde craquer. Tout doucement elle se fissure et, de ses petites fentes, sûrement, vont sortir quelques billets supplémentaires.

— Bon, elle dit. Je n'ai pas le temps de jouer à ce jeu-là. Je vous donne un prix, le dernier. Vous acceptez ou bien vous remballez et on n'en parle plus.

— …

— Quatorze mille.

Je vide mon verre, me lève et lui tends la main.

— Marché conclu, je lui dis.

J'expose ensuite une exigence toute simple, je veux ça en liquide, demain. On se donne rendez-vous pour le lendemain et je pars avant de me rouler sur le sol.

❑

Sitôt franchi le seuil de mon atelier, j'épluche les petites annonces jusqu'à ce que mon doigt trébuche sur une Ford Taurus rouge 1989. Bonne condition/mécanique A-1/pneus neufs. Un kilométrage raisonnable et un prix à discuter.

J'ai beau me raisonner, tout ça finit quand même par m'énerver. J'essaie d'enlever le *Drapeau inconnu* de son cadre mais j'ai les doigts comme des boudins et c'est comme d'enfiler une aiguille. Quand finalement je réussis, je m'empresse d'enchâsser mon propre *Drapeau inconnu* et je suis assez fier du travail.

Pour égrener le temps, je m'appuie sur le rebord de ma fenêtre. C'est vraiment le printemps. Jusque dans mes membres c'est le printemps, et je promets à Curseur qu'à mon retour on va fêter ça dans le parc.

❑

Chez Bédard il fait vraiment trop chaud. Je règle les thermostats avant d'abreuver les plantes. Le travail fait, je me cale dans un fauteuil et j'avale quelques bières en regardant les tableaux. Je m'arrête sur un Lemoyne et je constate que je me serais fait moins chier si je m'y étais attaqué. J'appuie mon *Drapeau inconnu* sur le mur où il y a plein de tableaux accrochés et je retourne à mon fauteuil. Il tient le coup. Malgré quelques ratés, dans un tel contexte, personne ne verrait que ce *Drapeau*-là m'est passé par les mains. Bédard l'a vu et revu et n'ira jamais examiner les détails.

Ce qui m'attriste un peu, c'est de constater que la peinture devient invisible quand elle est une habitude.

❑

Chez Lucette Lavoie aussi c'est le printemps, mais un printemps plus étouffé tant ses épaisses draperies bouffent la lumière. On fait vite. On ne finasse pas sur la procédure. Je lui tends le sac et en retour elle me remet une enveloppe. Elle a la tête d'une enfant à qui on donne une sucrerie. Pendant qu'elle examine la marchandise, je fais le décompte et je suis gêné de voir le léger tremblement qui agite mes doigts. Cent quarante billets de cent dollars.

Une somme colossale qui me rend aérien.

Me reste plus qu'à la remercier et à foutre le camp. Sur le pas de la porte elle me tend ses lèvres. Cette fois, j'y dépose les miennes, laisse même sa langue faire une brève incursion dans ma bouche, et je me dis qu'il est grand temps de m'occuper des trucs hygiéniques.

❏

— Ciel qu'elle est rouge !

Le bonhomme me souligne que c'était écrit dans l'annonce et que, ce qu'il faut remarquer, c'est qu'elle est comme neuve. Il ouvre le capot et se met à débiter plein de trucs auxquels je ne connais rien mais où il est question d'huile et de courroies. Moi, je veux bien le croire sur parole mais tout dépend du prix.

— Huit mille, qu'il avance.

Je tourne les talons et, comme je m'apprête à lui balancer un majestueux bras d'honneur, il me rappelle.

— Hé, hé, hé…

— Z'auriez pas quelque chose dans les quatre mille ? je lui grimace.

— T'as pas lu l'annonce jusqu'au bout ? qu'il me demande. C'était écrit : Prix à discuter.

J'aime mieux ce ton-là et je me rapproche de la bagnole. Sait comment s'y prendre, le vieux, pour vendre une voiture. Pas une seule poussière qui oserait s'y poser. Il quitte la mécanique et ouvre le coffre arrière où repose une caisse de bière. Il me tend une bouteille et on retourne picoler tranquillement devant un moteur crasseux dont j'apprends le nom des différentes pièces. C'est le carburateur flambant neuf qui me fait fléchir.

Peu à peu on se dirige vers un prix qui ressemble à ce que j'avais imaginé.

— On peut l'essayer ? je lui demande.

Il me lance les clés et se glisse sur le siège du passager. Au bout de quelques coins de rue je lui annonce que je la prends sans lui dire que c'est plus pour sa tête d'honnête homme que pour les pneus, qui n'ont que six mois d'usure.

❏

Une fois les tracasseries administratives passées, je parcours les rues de la ville au volant d'une masse rouge comme le sang. On s'est entendus pour cinq mille dollars que je lui ai étendus sur le capot rutilant. J'aimais sa façon de faire des affaires et il appréciait la façon que j'avais de les expédier. Je me fais toutes les promesses qu'on se fait quand on possède une nouvelle voiture, notamment celle que Curseur ne viendra pas souiller le siège arrière avec ses pattes. Je me fais toutes ces promesses en sachant bien que la vie se chargera de leur tordre le cou.

❏

En rentrant, j'informe Curseur que nous avons une nouvelle bagnole. Je range ce qui me reste de fric dans le tiroir de la commode, sous mes bas, et je ne peux pas m'empêcher de penser à la tête que feraient les flics si je mourais subitement avec tout ce liquide. Tant de fric dans un endroit pareil.

— C'est un voleur ? un escroc ? un maquereau ?

Avec la tête que j'ai depuis quelque temps, je parierais la somme cachée sous mes bas qu'ils iraient du côté des drogues dures.

Je suis sur le point d'inviter Curseur à une balade en voiture quand je vois le clignotant lumineux de mon répondeur qui me fait de l'œil.

C'est Dolo qui regrette d'avoir bousillé notre rencontre de l'autre soir. Elle pense à moi souvent. Elle sent comme un besoin de s'excuser quand elle me voit. Un petit malaise de rien du tout mais je n'y suis pour rien. Elle m'assure que le problème vient d'elle.

Un peu mêlée...

Un peu fatiguée...

M'aime encore mais...

Et si je veux, on peut se revoir ce soir.

J'ouvre une bouteille de vin. Je fouille dans l'évier ; tous mes verres sont vraiment trop dégueulasses. Je porte la bouteille à mes lèvres et m'approche de la fenêtre. Sur le building d'en face il y a comme un reflet qui rougit la façade. Je me penche un peu pour regarder ma voiture qui paraît avoir un soleil pour elle toute seule.

Je n'ai prévenu personne et je suis parti à l'aube avec plein de choses dans le coffre de l'auto et avec Curseur qui, sur le siège arrière, commence déjà à tout saloper. C'est vrai que le printemps galope plus vite dans l'Outaouais que dans la grande cité. Je sais bien que c'est faux mais j'aime le penser et je mets ça sur le compte de la propreté de la route et du vert des champs. Sans compter que, dans la ville, les arbres, ils ont toujours l'air désolé.

Avant de partir, j'ai mis au point un mensonge avec lequel je pourrai vivre. Bien sûr, faudra pas trop creuser. Faudra prendre la chose telle quelle. Je mettrai les quatre mille cinq cents dollars sur la table. Quarante-cinq beaux billets de cent dollars jetés comme ça au beau milieu de la table, ça se prend sans poser trop de questions.

Si j'ai quelque chose à craindre, ça viendra de Kim. À elle, on n'en passe pas beaucoup. C'est une chienne qui flaire les bons comme les mauvais coups mais qui ne mord jamais.

Pour faire plus vrai, j'ai détruit *Fragments #4*. Avec une lame, j'ai pris soin de bien tailler le tout, de rouler chaque lanière et de foutre tout ça dans un sac de la même taille que celui qui a contenu le McEwen. En art contemporain, la dimension de l'œuvre est une notion très relative. Bref, dorénavant, tout le monde pourra s'imaginer que *Fragments #4* trône fièrement sur le mur d'un collectionneur quelconque.

❏

Quand j'arrive chez Bédard, on ne voit que le rouge de la
voiture qui s'étend d'une aile à l'autre. Faut dire que le soleil
de mai lui donne un coup de main appréciable. Je klaxonne
un bon coup avant de descendre et ça fait taire les oiseaux.

Je libère Curseur qui retourne compléter sa collection
de cailloux et moi, je serre très fort Kim dans mes bras en
m'inspirant d'un article que j'ai lu dans le journal et qui
disait, en gros, que les gens qu'on aime méritent qu'on le
leur démontre.

— J'ai lu ça nulle part, moi, qu'elle me glisse à l'oreille
en me rendant mon étreinte.

L'air de dire « Au diable le mal », Bédard arrive au
milieu de l'herbe tendre sur ses deux jambes. Fragile, mais
debout. Il y a bien sûr cette canne qui l'aide et j'espère que
jamais Curseur n'ira la confondre avec une branche à
laquelle il peut faire son affaire. Je n'en peux plus de sourire tant il tranche avec la dernière image que j'ai gardée de
lui. Un os posé sur une drôle de bicyclette. Il pointe ma
nouvelle bagnole avec sa canne en soulignant qu'elle est
beaucoup trop rouge pour moi.

Je ne m'en défends même pas.

On reste longtemps dehors à profiter du soleil, qui est
bon. Je parle un peu de la grande ville où il ne se passe
jamais rien. Je donne des nouvelles des plantes vertes qui
ne semblent même pas remarquer l'absence de Bédard. Un
mot bref sur Marie qui, tout en étant bien, n'arrive pas à la
cheville de Kim, et je passe Dolo sous silence.

— Où t'as trouvé un bazou aussi rouge ? me demande
Kim.

— Ah ça ! je réponds en les incitant à entrer.

Je dis à Bédard : Assieds-toi.

Je dis à Kim : Ouvre grand les yeux.

Puis, du geste le plus anodin possible, je lance mes
quarante-cinq billets de cent dollars sur la table. Kim me

regarde ahurie et Bédard n'en croit pas ses yeux, qui déjà n'en voient que la moitié. J'attends et j'aime ce bref silence. Je l'étire dans mon ouïe qui s'en gave. J'imagine le mur de la privation qui s'abat dans leurs têtes. Ce n'est pas le mur de Berlin, mais ici, dans ce rang perdu d'un village reculé, c'est tout comme.

— Où t'as pris ça? demande Bédard.

Craignant qu'il n'en compte que la moitié je lui précise qu'il est en face de quatre mille cinq cents dollars.

Kim, qui a les yeux comme une perceuse qui traverse une planche de chêne, m'oblige presque à en souligner la provenance.

— J'ai vendu un tableau. *Fragments #4*. Et voilà la part qui revient à Bédard. À qui...? Mais à Lucette Lavoie. Je sais bien, mon vieux Bédard, tu m'avais dit de m'en méfier. Et je m'en suis méfié.

— T'es allé voir cette bonne femme? dit Bédard qui n'en croit pas ses oreilles.

— Bien sûr, elle a joué le grand jeu pour l'avoir gratos. Elle serait allée jusqu'à une petite pipe pour mettre la main sur le tableau à bon compte. Pas question que je joue ma carrière sur ce genre de truc.

Bédard tape si fort des mains que j'ai peur qu'il se soit cassé les poignets.

— Je savais que ça marcherait, qu'il dit avec un sourire qui déborde de son visage.

— Et tu sais quoi? je dis. J'ai dans le coffre de l'auto quelques bouteilles de vin qui vont rendre ce jour-là inoubliable.

Je leur suggère de venir s'installer dehors, le temps que je vide le coffre de la voiture, et on finit par y passer l'après-midi. Kim espère encore décrocher un emploi au village et Bédard lève les yeux au ciel. Quant à moi, je m'amuse à lancer des branches mortes que Curseur s'épuise à me rapporter.

Puis le soleil baisse et Kim nous invite à rentrer.

À l'intérieur Kim et moi on cuisine les fameux tortellinis à la sauce rosée de Bédard. De son fauteuil il nous explique les étapes et la façon d'incorporer les ingrédients de la sauce. Pas le choix ; faut se rabattre sur le basilic séché, et Bédard ajoute qu'il ne se porte plus garant du résultat.

— T'as des nouvelles de Dolo ? il me lance entre les tomates coupées en dés et le poivre fraîchement moulu.

Pas vraiment envie de m'étendre sur le sujet. Je lui jette quelques banalités avant de revenir avec trois bouteilles de vin que j'ouvre coup sur coup.

— Trois, dit Kim.

— Faut laisser respirer, je réponds.

Elle me souligne qu'il y en a au moins une qui risque de souffrir d'hyperventilation.

On passe à table en laissant le soin à Bédard de goûter le premier et il se dit plutôt satisfait du résultat.

Par la fenêtre je jette un œil à Curseur, qui se bat avec une branche plus coriace que les autres, et je me dis que la nuit sera bonne.

Au matin je promets à Curseur de lui faire connaître la forêt. Il ne sait pas ce que ça signifie mais il bouge la queue et c'est bon signe.

C'est sur la pointe des pieds qu'on quitte le chalet. Aussitôt dehors il prend une distance que je trouve trop considérable et je ne peux pas m'empêcher de le siffler. Curseur, ça n'a jamais été un exemple de discipline et c'est pour ça que je m'étonne de le voir revenir. On fait un bout de chemin sur la route puis on finit par emprunter un sentier.

Je ne peux pas nommer les arbres par leur nom, et mon ignorance m'enrage. Il y en a beaucoup avec des aiguilles et il y a des feuillus parmi. Je sais que ceux qui ont la peau blanche sont des bouleaux. Pour les autres, je me contente de les regarder comme on regarde des gens qu'on ne connaît pas mais pour qui on a une certaine admiration.

À un moment je ne vois plus Curseur. Je n'entends même plus les branches qui craquent sous ses pattes. Je me crache les poumons à siffler et il surgit de nulle part avec une branche coincée dans la gueule. J'essaie de lui expliquer qu'il peut tomber sur un piège à ours mais visiblement il ignore de quoi je parle.

Je m'installe sur un tronc et je m'allume un joint parce que c'est une façon comme une autre de célébrer la nature. Je lance quelques branches à Curseur puis j'aperçois une masse rouge à travers le branchage dru. Ça ne brille pas vraiment mais ça a déjà brillé. J'éteins consciencieusement mon joint et j'invite Curseur à me suivre. Je dois casser un bon nombre de branches pour me rendre jusqu'à la chose.

J'aboutis devant une Ford Taurus 1989 rouge. Identique à la mienne, sauf que celle-là, elle est morte. La mienne si alerte quand vient le temps de négocier une courbe, et celle-là comme un cadavre qui n'en finit plus de pourrir.

Le ventre ouvert, les yeux crevés avec des fils qui sortent des orbites.

On lui a enlevé ses portes et les sièges lacérés puent la moisissure qui a mis longtemps à s'installer. Je fais toute une tête devant sa mécanique figée dans la rouille et je dis :

— Tu vois, mon vieux Curseur, c'est peut-être le signe qu'on devrait penser à prendre soin de nous.

Ce que je veux dire à mon chien, c'est que le temps, il a beau filer, il n'a pas toujours la même signification. Je prends sa tête dans mes mains et je le regarde dans les yeux en lui expliquant que s'il se fout une patte dans un piège à ours, il ne vaudra pas mieux qu'une vieille bête estropiée.

❏

Je surprends Kim en pyjama et Bédard enroulé dans une grosse couverture en train de griller une cigarette, de boire un café et de discuter de la vie. Kim m'informe qu'il reste du café et je m'en sers une tasse.

— C'est comme ça que vous passez vos journées, je leur dis en forçant Kim à se pousser un peu pour que je puisse m'asseoir. J'arrive du bois.

Je leur explique que j'ai vu la jumelle de ma bagnole et que je trouve ça dégueulasse qu'on aille parquer une telle mécanique pour l'éternité dans un endroit semblable. Bédard mentionne que ça serait une bonne idée d'aller en forêt tous les trois mais Kim n'est pas vendue à l'idée.

— Mal à la cheville, qu'elle dit.

Je reprends la proposition, j'insiste un peu et elle me fait ses yeux qui tuent.

❑

C'est l'heure où le soleil cuit la terrasse derrière le chalet. Celle qui donne sur le lac. À défaut de gambader dans les bois, Bédard suggère qu'on s'y installe. Je leur promets le meilleur café du monde si Kim se charge d'installer les chaises et les petites tables pliantes.

Je reviens avec les tasses en leur disant que c'est quand même inouï que ma voiture roule comme une neuve, rutile comme une pièce d'or et qu'à deux pas d'ici, j'en découvre une, sortie du même moule, en état de décomposition.

Alors que Kim est sur le point d'ajouter son grain de sel, Bédard la coupe pour devenir cinglant.

— Me semble que ça ne parle pas beaucoup de peinture, ici.

— Han, han, pousse Kim.

— Ben justement, je leur jure, je meurs d'envie de vous en parler mais je suis en vacances jusqu'à demain.

Puis j'explique à Bédard que Lartigue et moi on est comme larrons en foire. Que j'ai vu dans sa chambre forte des œuvres qu'il ne vendra jamais, tant il les aime. Que ce gars-là, il vend de la peinture mais il l'aime aussi. Bref, que tout ça réuni fait que, non seulement je dois exposer chez lui mais que j'en ai vraiment envie. Je lui raconte ce que j'ai vu de Judith Reigl sans lui mentionner que ce serait vraiment dommage qu'il n'en voie que la moitié. Il me raconte une exposition de Reigl qu'il a visitée à Paris dans les années soixante-dix. Ça réduit ma peine de moitié de constater que Reigl reste encore accrochée dans un trou de sa mémoire. Il n'y a plus que Kim qui soit entière avec son sourire qui me donne envie d'être centenaire.

— T'as encore ton canot ? je demande à Bédard. Puis ta canne à moucher ? Puis ta boîte à mouches ? Et dedans, il te reste une Muddler à queue rouge ? Alors, les amis, ce soir on bouffe de la truite.

Kim m'avise que le niveau du lac est encore trop élevé pour la pêche à la truite. Bédard lève la main pour lui signaler que c'est tout à fait inutile de s'opposer à mon élan.

— Tu le connais aussi bien que moi, il dit. C'est pas la première fois qu'il en fait à sa tête.

Je lui lance un drôle de sourire et je pars.

❏

Au souper Bédard m'explique qu'une truite fraîche c'est assurément un moment de grâce, pendant que Kim et moi on chipote dans des œufs brouillés. « La faune marine n'est plus ce qu'elle était. » De l'index Kim se tire la paupière inférieure vers le bas et je lui jure que la Muddler à queue rouge, c'est un appât irrésistible pour la truite.

— ... mais y en a plus dans ce lac-là. Une pression de pêche épouvantable, les bateaux à moteur, sans parler des pluies acides et de toutes les merdes du genre.

Je ne la convaincs de rien et j'en remets en lui disant que tout seul, ce n'est pas évident de moucher et de ramer en même temps. Qu'en étant obligé de tout faire, on n'explore qu'une surface réduite et qu'il ne faut pas s'étonner si certains doivent bouffer des œufs brouillés.

❏

Je trouve la soirée un peu longue. Kim s'y est habituée alors que moi je sais que je ne m'y ferai jamais. J'ai l'impression qu'ici on doit tourner en rond et, le soir, on dirait que malgré tout le rond rapetisse. On n'écoute que de la musique, et ça je le comprends parce qu'à la télé il n'y en a que pour les vivants. J'ai le sentiment qu'on veille un corps qui est encore trop chaud. Je constate que j'ai apporté beaucoup trop de vin. Bédard n'y trempe même plus les lèvres et, par solidarité, j'imagine, Kim y goûte à peine. Et moi, je me sens à moitié assommé par une bouteille que je ne peux pratiquement pas partager. Je ne peux même plus compter sur Curseur pour passer le temps, trop occupé qu'il est à enrichir sa collection de cailloux, qu'il ne cesse de déplacer. Et puis, tout ce calme m'amène par moments à me demander ce que peut bien faire Dolo.

Chez moi, en ville, je m'arrange assez bien, mais ici la vie me paraît trop sereine pour que je trouve à y parquer mes tracas.

En plein *Requiem* de Mozart, Bédard se met à bâiller à s'en décrocher les mâchoires en me disant que ce n'était pas une mauvaise idée cette promenade en forêt et que la prochaine fois, avec ou sans Kim, on ira. Kim l'aide à se relever pour qu'il aille faire sa toilette et ça me gêne de le voir ainsi. J'imagine le reste. Kim l'aide à se déshabiller, fait couler l'eau, lui savonne le dos et surveille pour qu'il fasse le reste correctement. Elle l'assèche, le traîne à sa chambre et, si ça se trouve, le borde pour la nuit. Je file à ma chambre en laissant le feu de la cheminée à lui-même.

Kim entre dans ma chambre sans même se donner la peine de frapper. Elle me tend un verre vide que je remplis à ras bord.

— À quoi tu penses, là ? qu'elle demande.

— À ceux qui prétendent que c'est le temps qui arrange les choses.

Elle me demande si je veux qu'on aille s'asseoir devant le feu et je me lève sans dire un mot. Je lui demande de m'excuser quelques secondes et je sors sur le balcon. Je n'ai jamais vu tant d'étoiles en même temps. Je place mon pouce et mon majeur sur ma lèvre inférieure et je siffle un bon coup. Curseur apparaît dans une trace que laisse la lumière sur le parterre. Je descends pour le féliciter de sa belle collection de branches et de cailloux et je le supplie de me suivre à l'intérieur.

De toute évidence, Kim a une planète coincée dans la gorge et ce n'est pas facile quand, comme elle, on a plein des choses à dire. Je la laisse se nettoyer les ongles avec un carton d'allumettes et j'attends qu'elle se décide à parler. Pas grand-chose. Juste un mot. Un petit mot qui m'aiderait à forcer un peu la serrure de sa peine.

— As-tu envie qu'on descende voir le lac ? La nuit, c'est superbe.

J'accepte mais ce qui m'ennuie c'est que Curseur va vouloir me suivre et qu'une fois sur le quai, ça va prendre une armée pour l'empêcher de se jeter à l'eau. Au risque de déplaire, j'apporte le vin que je boirai à même la bouteille. Comme je suis le seul à me soûler, je ne vois pas pourquoi je ferais des manières.

❑

La nuit est belle, fraîche, et Curseur sait se tenir. Je passe mon bras autour des épaules de Kim, histoire de la réchauffer un peu. Son nez coule et je sais qu'elle pleure mais je ne lui dis pas que je le sais. Pas de bhou, hou, hou. Pas de « excuse-moi, je pleure ». Juste quelques sniff, sniff qui me font comprendre que ce n'est pas toujours facile, la vie.

— Y a beaucoup d'étoiles, qu'elle me dit.

— Et y en a aucune qui semble avoir assez de courage pour filer.

— C'est pas la saison. Pour le moment, elles sont suspendues dans l'espace.

— Tu connais les étoiles par leur nom ? je lui demande.

Elle n'en connaît pas plus que moi. On cherche la Grande Ourse pendant un moment puis on laisse tomber.

— Un de ces soirs, on va s'installer ici tous les deux et on va rebaptiser tout ça, je lui dis.

— Heureusement qu'on a ça au-dessus de nos têtes. Ça nous force à un peu d'humilité. C'est tellement vaste que ça nous aspire. Si jamais on a la chance de voir une étoile s'éteindre, on aura cinquante mille ans de retard sur la nouvelle. Le temps est une abstraction vertigineuse... Et puis ça nous change du plancher des vaches où tout est si court. Même que ça devrait alimenter l'imagination d'un artiste, qu'elle ajoute en m'enfonçant son coude dans les côtes.

Alors qu'on remonte la pente qui mène au chalet et que Curseur nous attend déjà tout en haut, Kim me dit :

— C'est vrai que, si cet après-midi j'avais ramé, t'aurais pris plus de truites ?

— Des tonnes, je lui dis.

Quand finalement je me décide à m'habiller, je dois bien reconnaître que je viens de passer une nuit tout à fait blanche. Curseur m'attend déjà devant la porte et je le libère prestement.

Je me frotte les yeux que je sens tout aussi rouges que ma Ford Taurus. Je fais un ménage rapide dans les idées qui, toute la nuit durant, sont venues me tenir en alerte. Je les jauge et, du coup, j'en élimine quelques-unes. Je sais déjà que celles qui restent n'ont pas fini de me hanter. J'hésite un moment entre une bière et un café mais la pudeur finit par l'emporter. Pendant que le café se filtre, je regarde par la fenêtre Curseur qui fait l'inventaire de ses cailloux et je me prends à l'envier.

Tout doucement j'ouvre la porte de la chambre de Kim. C'est plus pour la regarder que pour lui parler mais comme elle se réveille, je m'assieds sur le bord de son lit.

— Quatre heures ? qu'elle s'étonne.

Je lui explique que je n'ai pas fermé l'œil. Que quelque chose me manque, et je mets ça sur le compte de la ville. Je lui explique que dans mes veines il y a un peu de béton et que c'est pour ça que des fois j'ai les membres qui s'engourdissent.

— Tu sais quoi, Kim ? je lui chuchote. Je rentre chez moi pour peindre.

Elle ouvre grand ses yeux qui ressemblent à des phares et me dit à quel point elle est heureuse. Quand elle parle, elle met la main devant sa bouche pour faire écran à sa mauvaise haleine et j'ai envie de rire en pensant à tous ses anciens amants.

Je l'embrasse en lui promettant de revenir le plus tôt possible.

En sortant de sa chambre, je réalise que Kim et moi, on n'a jamais baisé ensemble et que c'est un miracle. Sans aller jusqu'à croire en Dieu, je me permets de penser que le diable est moins vigilant qu'on veut bien le croire.

J'avale un deuxième café et je constate que le soleil met bien du temps à se lever. En remettant le lait à sa place, je décide de piquer deux bières pour la route. Je jette un coup d'œil sur la porte de la chambre de Bédard et il ne se passe pas grand-chose de ce côté-là sinon que le sommeil récupérateur a un sérieux boulot à effectuer.

Pas besoin de siffler, Curseur est déjà là à se demander ce qui se passe. Je lui explique qu'une fois n'est pas coutume et je le laisse entrer dans la voiture avec une de ses branches.

❏

S'en est fallu de peu pour que j'arrive face à face avec un camion chargé de troncs d'arbres. À cette heure-là on se laisse aisément convaincre que la route nous appartient. On rêve à des truites longues comme ça et puis on reçoit des phares droit dans les yeux et, le temps de le dire, le monde s'évapore dans un banc de lumière.

— Tout va bien, Curseur.

Je lui dis ça mais je sais qu'il s'en fout. Je le vois bien par le rétroviseur avec sa grosse tête appuyée sur le dossier de la banquette à regarder le paysage qu'on est en train de quitter. Peut-être qu'il m'en veut et qu'il va bouder un bon coup. Je n'aime pas me mettre ainsi dans la tête d'un chien mais je n'aime pas non plus que l'os qu'il vient gruger soit dans la mienne.

J'ouvre une bière, la place entre mes cuisses et empoigne le volant de façon plus prudente. J'explique à

Curseur qu'on va revenir très bientôt. Qu'avec un peu de chance il peut compter les jours sur les griffes d'une seule patte.

— On a le vent dans le dos, mon vieux.

Pendant que je négocie une courbe, la bouteille glisse d'entre mes cuisses et la bière se répand sur le siège. Moi qui attendais que la première saloperie vienne d'un chien inconscient, je me retrouve au banc des coupables. Je jure un bon coup. Une longue tirade de sacres que je défile comme on récite un poème, et ça me fait du bien.

❑

Quand finalement le jour se lève on a quitté la campagne depuis déjà un bon moment. Même que la forme éloignée des buildings commence à se dessiner de l'autre côté du pare-brise.

J'essaie de faire le tri dans les idées qui me tracassent et ne me quittent plus. Il y en a pour tous les goûts. Des noires, des anodines, des remplies d'émotions où il y a un avenir qui s'annonce pas trop moche. Dans chacune d'elles il y a Kim et Bédard. Dans quelques-unes il y a Dolo.

Je jette un coup d'œil à Curseur qui a finalement décidé de regarder par-devant. Je lui souris et lui confie que, les idées, ce n'est pas vraiment utile de les ressasser pendant dix mille ans.

Mais il y en a tout de même une qui ne me lâche pas. Dans le plaisir de voir Bédard reprendre un peu de vigueur, il y a l'inquiétude de voir Kim s'écrouler d'ennui. Je n'arrive pas à l'imaginer trimballant des hamburger steaks de table en table au resto-bar du village.

— Ce qu'il leur faut, c'est une voiture pour se balader quand ils le veulent. Y en a des usagées qui seraient parfaites, je dis à Curseur qui me regarde.

Puis j'énumère à haute voix une série de modèles. Ce ne sont que des noms auxquels je ne peux même pas attacher une image tellement je n'y connais rien.

❑

Je trouve aisément à me stationner juste devant l'appartement de Bédard et je me dis qu'il y a des jours qui sont bénis des dieux. Sitôt sorti, je remarque sur l'aile avant une égratignure longue comme ça et je me désespère du temps qui s'acharne à tout gâcher.

Pendant que je n'en crois pas mes yeux, je remarque sur le trottoir une vieille dame avec plein de plis autour des yeux; elle me sourit et je suis incapable de lui rendre la politesse.

❑

J'aère un peu avant d'offrir une tournée aux plantes vertes. Je trempe mon doigt dans l'arrosoir pour juger de la température de l'eau. Bédard m'a bien prévenu:

— Une eau trop froide est plus dommageable que pas d'eau du tout. L'idéal, c'est une eau à la température ambiante.

Le problème sur lequel je me casse les dents, c'est qu'il fait chaud à crever chez Bédard.

Bref, je fais de mon mieux.

Reste plus une seule bière dans le frigo et je me sers un grand verre d'eau avant de m'installer devant le journal de quartier, qui était coincé sous la poignée de la porte. Sur le dossier d'une chaise je remarque le veston que Bédard aimait porter. Un truc en laine avec des boutons qui ressemblent à des yeux de chat. Je souris à l'idée que maintenant il va mieux à la chaise qu'à mon ami. D'ailleurs, plus rien ne lui va ici. Même les tableaux, il n'en verrait que le dixième. Du côté des petites annonces mon regard s'arrête, et je dis:

— Tu vois, Curseur, je savais que ça se trouve. Juste ici, une petite bagnole qui serait parfaite. C'est écrit: «Comme neuve».

Je fouille des yeux les autres colonnes, mais c'est vraiment au volant de celle-là que j'imagine Kim.

Je trouve un sac de plastique de dimensions convenables et j'y glisse la petite gravure signée Riopelle et, avec Curseur sur les talons, je quitte les lieux.

Sur le trottoir il y a encore la petite vieille avec ses plis autour des yeux; elle me sourit à nouveau et je décide de la saluer.

DANGER

LE
PHOTOCOPILLAGE
TUE LE LIVRE

Cet ouvrage
composé en Palatino corps 11 sur 13
a été achevé d'imprimer
en mars deux mille deux
sur les presses de

MARC VEILLEUX IMPRIMEUR INC

Boucherville (Québec).